万榕

传播新知 优美表达

喜欢上了

[日] 三浦紫苑——著

青青——译

春风文艺出版社

·沈阳·

图书在版编目（CIP）数据

喜欢上了 / （日）三浦紫苑著；青青译 . -- 沈阳：春风文艺出版社 , 2025. 1. -- ISBN 978-7-5313-6911-0

Ⅰ . I313.65

中国国家版本馆 CIP 数据核字第 2024PX0859 号

春风文艺出版社出版发行

沈阳市和平区十一纬路 25 号　邮编：110003

清淞永业（天津）印刷有限公司印刷

选题策划：王会鹏　　　　　　　特约编辑：裴　楠
责任编辑：韩　喆　　　　　　　助理编辑：刘世峰
责任校对：张雨菲　　　　　　　封面设计：任展志
印制统筹：刘　成　　　　　　　幅面尺寸：145mm × 210mm
字　　数：230 千字　　　　　　印　　张：9
版　　次：2025 年 1 月第 1 版　　印　　次：2025 年 1 月第 1 次
书　　号：ISBN 978-7-5313-6911-0
定　　价：49.80 元

图书邮购热线：024-23224481

版权所有　侵权必究　举报电话：024-23224081

如有质量问题，请拨打电话：024-23224481

前言

本书收录的是从 2012 年至 2022 年间，在各大杂志和报社投稿或连载的随笔。

按照杂志或报社的要求，写出或严肃或轻松的文章，是每个作家所必备的专业技能。但我似乎是个例外，有时明明合作方要求"写得偏严肃点"，可等我写完，回过头去阅读发现，文章依然透着轻松的基调。这种事情时有发生，也许这就叫"本性难改"吧。总之，合作写文的主题五花八门，大多是一些十分轻松的随笔（也有很严肃的文章哦），希望大家能带着愉快的心情阅读本书。

为方便阅读，接下来简单介绍一下各章节的内容。

第一章以"日常生活中的美"为主题，收录了 2021 年与 2022 年连载的随笔。因为要刊载在化妆品公司 HABA 研究所的会员期刊上，起初我想认真地探讨"美"这个话题，但这对我来说似乎有点难，最后呈现出来的又净是一些与昆虫有关的故事。起初我还担心 HABA 会不会觉得自己选错了人，但值得庆幸的是，在本书出版的时候（2023年2月），随笔还在连载。今后我会继续努力为大家呈现与美有关的事物，只是到了春天，想必我又会写起与虫子有关的话题……（参考正文）

第二章和第四章以在 VISA 的会员期刊上连载的随笔为主，主要记录了一些旅途中的故事。包含了从 2012 年至 2021 年间刊载的随笔，篇数比较多。

从 2020 年开始，受新冠疫情的影响，世界各地都开始限制旅行。文中记录的是疫情前的旅行故事，但也有一些与旅行无关的小插曲。明明 VISA 要求以"旅行"为主题！我可真是随性。想必大家也都看出来了，文中记录的都是新冠疫情暴发前的旅行体验。最近不太想出门，加上受新冠疫情的影响，于是我决定写一篇章节简介。这两章主要是疫情前的旅行记录（但也有非旅行期间的故事。我好啰唆呀）。

第三章主要介绍了一些书，并分享了一些阅读体验。大多是在 2013 年左右刊载的，已经过去快十年了……但介绍的作品内容并不陈腐，喜欢的读者可以去读一读哦。

大约是 2016 年，我开始读起了电子书。因为要是我再买实体书，我恐怕连睡袋都没地方放，只能睡阳台了。尤其是卷数较多的漫画，我决定直接买电子版。可能因为不习惯在电子屏幕上阅读，我很难投入故事当中。另外一些全是文字的书，我还是会选择买实体书。

电子书可以防止重复购买，如果不小心买重了，上面就会提示"这本书您之前买过哦"，非常方便。但因为我同时在用好几个电子书网站，时常会在不同软件的书架上看到同一本漫画。看来，除非开发一种对我的大脑信息进行检索，并对重复购买的书进行提示的功能，否则我还是逃脱不了重复买书的命运。凭我那超强的健忘属性和超差的整理能力，连电子书都对我无可奈何，我可真是厉害。不对，我怎么还得意起来了，为什么要同时用几个电子书网站啊！

没有啦，因为不同网站的翻页手感不一样，而且有些书的电子版只在指定网站发售。于是我试着注册了很多网站，最后一发不可收拾。即便有了电子书，我也还是没地方放睡袋，只能睡在阳台上。

第五章以刊载在KITTE丸之内发行的手册上的文章为主，主要分享了一些日常生活的随笔。不过，要这么说的话，其实整本书记录的都是一些日常的小插曲。大多文章都是2021年刊载的。KITTE丸之内是一处商业设施，会根据季节设定不同的主题，比如"暑假""圣诞节"等。思考这些主题的时候，我时常会不由自主地想起小时候的事情。这是为什么呢？我也感到十分不可思议。最后我得出的结论是，因为成年后基本没有参加过"暑假""圣诞节"之类的活动。哎呀，真是遗憾。

书末有"首次刊载杂志一览表"，详细请参考该页内容。

看首次刊载杂志一览表时，我发现里面没有2017年写的文章。我当时到底在干什么来着？除了沉迷"热血街区"（HiGH&LOW）系列电影，其他几乎没有印象（政治家的常用说辞）。对啊，因为沉迷电影，心情太激动，没心思工作。现在也是如此，每当该系列有新作品上映时，我都会异常激动。每到这个时候，我都会无心工作。

不过，我还是很喜欢写随笔。借这次机会，我把书中的随笔重读了一遍，然后想起了很多愉快的往事。随笔就像是我的外置硬盘，我的大脑记忆容量堪忧，所以我需要用随笔的方式进行记录。

如果大家在阅读本书时能想起自己的过往，并在心中感慨"我也有过相似的经历""我也干过这种傻事"，等等，我将感到不胜荣幸。

目　录

第三章 在文字的世界里稍作小憩 ····························· 117

第一章 美与爱无处不在

无名的朋友

我尤其喜欢栽培植物，在阳台、起居室的窗边摆上各种盆栽，每天浇浇水，清理枯枝烂叶，整个人也会变得身心愉悦。沐浴阳光能使人神清气爽，有时还会惊奇地发现，看似一动不动的植物其实每天都在发生变化。

但问题是，对于家中的植物，我几乎叫不上名来。唯一认识的只有发财树和迷你玫瑰，其他都不知是什么植物。插在盆栽里的植物介绍卡很早便被我丢弃，上面写有植物的名称和栽培方法，可我连看都没看一眼。

我只会随便浇浇水，冬天也把它们照常丢在阳台上。植物似乎意识到了自己的主人不太可靠，感知到生命危险后，只得靠自己想方设法地活下去。多亏它们的努力，我花几百日元从花店买来的特价盆栽竟顺利地长大了，只是不清楚名字，难免会有些不便。我平日只能用代号称呼它们，譬如"右数第二位，你还要加点肥料吗"等等。每每这时候，我都会暗下决心：下次一定要把介绍卡留着。可照料时我又嫌碍事，最后还是转眼把它们扔进了垃圾桶。

所以，我家阳台和窗边摆满了不知名的植物。其实像玫瑰之类的鲜花，即便起个其他名字，也丝毫不影响它们散发芳香。可那些盆栽品种各异，我甚至想不出合适的名字，只得每次用"你"来替代。

我为何会喜欢植物呢？思来想去，可能归结于一棵树吧。小时候，我家院子里有一棵树。那是一棵野生树，并非谁刻意种植的。那棵树一年四季枝繁叶茂，比我家的平房屋顶略高一些。树干偏白，摸起来有些粗糙，树枝的形状十分适合攀爬。我时常爬上去，坐在树枝上，或是顺着树枝爬上屋顶，躺在上面。我颇为喜欢那棵树，它就像我的一个知心好友。

长大后我离开了老家。大约时隔二十年后，我某次偶然路过那里，发现那棵树竟然还在。只是老式平房变成了一栋两层式的新楼。树也长大了，已经能够着二楼的屋顶，但树枝依然是记忆中的样子。时隔多年的重逢，令我的心头涌起一阵喜悦与感动。树虽然长高了，但树枝并不粗。我不禁心想：若是我现在爬上去，多半会把它压折吧。我也深刻地意识到，这二十年来，我也长大了不少（主要是横向）。

但问题是，明明是陪伴多年的老友，我却叫不出它的名字。我曾多次翻阅植物学书籍，对比记忆中树叶的形状和树干的纹理，以及在街上看到的类似树木，但仍然没有找到确切的答案。查到疑似的名字有大叶钓樟、佛光树、鸭母楠，可能就是其中之一吧……

你到底叫什么名字呢？植物没有回答，只是静静地伸展着枝叶。这份孤傲或许正是我喜欢植物的原因之一吧。不管怎么照料，无论倾注多少心血，它们都不会有丝毫回应。不过，植物名这东西本就是人擅自起的，也许植物本身并不在意。

那人为何会如此执着于名字，总爱给各种物体起名呢？为什么会在得不到回应的时候感到沮丧，"得到理解"的瞬间又倍感欣喜呢？每当接触到植物，我总会情不自禁地想很多。

说白了，是因为人和植物各方面差异显著，也就是人们说的"多样性"吧。但植物让我体会到，正因为存在"与自己不同的东西"，世界才会新鲜、精彩而美好。

充满惊吓的鼓励

早上七点，我穿着宽袖棉袍出门扔垃圾（当然没有化妆），碰巧遇到了同样去扔垃圾的邻居老太太。她快步朝我这边走来。

"早上好。"

我刚打完招呼，老太太忙不迭地接过话茬。

"跟你说个好消息！"老太太笑容满面地说，"前阵子，我一个四十来岁的女性亲戚结婚了，所以……不要轻言放弃呀！"

我被这突如其来的"好消息"吓了一跳。我今年四十四岁（当时），跟老太太口中的四十岁倒也相差不大。但关键不是放不放弃的问题，而是我压根没想过要结婚，一个人也可以过得很幸福、很快乐。老太太会如此积极地鼓励我，可能因为我看起来像个无业游民，时常在附近晃悠，给人感觉十分可疑，或者令人担忧吧。算了，解释起来也挺麻烦，随她们怎么想吧——我 0.3 秒内在脑中做出决断，并爽朗地回道：

"在胜利到来之前，我是不会放弃的！"

这句话像极了某种战时口号。

"就要这种心态，好好加油呀！"

老太太满意地点点头，扔完垃圾便离开了。

一大早好累，但老太太也是好心告诉我这个"好消息"，我不想用"无所谓，反正我对结婚不感兴趣"这种话让她扫兴。素颜都能被当成"待嫁女性"，说明我的皮肤保养得还算不错？太好了！（我还真是乐天派。）

为了应付社交（或者说老太太），我选择把真心话藏在了心底。我不禁感慨：我也变圆滑了！但跟邻居打交道，这样也无可厚非。还有，护肤果然很重要！我的心绪变得很乱，突如其来的惊吓冲淡了我的睡意，我索性趁机洗起了衣服。

最近，我终于体会到了洗衣服的乐趣。以前我总纳闷：明明衣服洗完还要穿，为什么非要一件件叠好呢？如果在洗涤剂里加入铁粉，再把晾衣架上的固定夹换成磁铁质地，不就可以大大减少晒衣服麻烦吗？（沾有铁粉的衣服会自动吸到磁铁夹上，轻松完成晾晒。）诸如此类，我总爱想一些不着边际的事情。某次，我突发奇想：如果灵活运用衣服的颜色，不就可以让洗衣服这件事变得有趣起来了吗？

擅长做家务的人可能早就这么干了吧。从那天起，我开始按渐变色的顺序晾衣服，T恤衫按黄色、橙色、红色、灰色、藏青色、黑色的顺序晾晒起来，收回衣柜时，我也会仔细叠好，卷起来，按照颜色顺序摆放。连衣裙之类的大件物品也会按颜色顺序挂在衣橱里。

这样整理衣物简直太有趣了。渐变色的衣服在阳台上随风飘动，如同精致的全舰饰 ①。按颜色收纳好后，穿衣服时也更方便搭配。肯

---

① 全舰饰是海军军礼的一种，由军舰执行，以悬挂军旗和信号旗的方式来向致敬对象表达敬意。

定有人会问，我明明一个人生活，为什么一次要洗这么多衣服？晾起来还能排成渐变色？当然是因为我攒了很多天的衣服一起洗。我基本一周只洗一次衣服，刚好这样还能体会到按颜色顺序晾衣服的乐趣。（虽然找到了洗衣服的乐趣，但洗衣服的频率并没有因此增加。）

好了，洗完衣服，该洗床单之类的了。这些洗好要挂在阳台的晾衣竿上。别忘了还有浴巾，我有几条印有矢泽永吉[1]标志的浴巾，是矢泽举办巡演时售卖的周边产品，厚度适中，质地柔软，吸水性超强，干得也很快，绝对是非常实用的一款浴巾。矢泽不仅人长得帅，歌唱得好，还这么会做浴巾，也太厉害了吧。我已经离不开小永了……

小永的浴巾不但好用，还可以预防犯罪。看到阳台上挂着矢泽永吉的浴巾，谁会想到里面住着一名独居女性呢？（大概，其实小永的女粉丝很多，这只是我个人的猜想。）把小永的浴巾挂在晾衣竿最显眼的位置，清洗工作结束。

呼，今天又把阳台装饰得五颜六色，我颇为满意。在我漫不经心地按照颜色顺序往阳台晾衣服的时候，我冷不丁地想起早晨的事情，心想：当时老太太确实是出于好意鼓励我，那样回答才是最合适的。解开心结后，我的心情也轻松不少，索性在上午的阳光下睡起觉来。等醒来的时候，衣服应该刚好干了吧。

不过，仔细想想，"不要轻言放弃"算是一句名言吧？我在被子里偷偷笑了起来。我始终认为，不是所有事情都能靠坚持解决，体育运动亦是如此。但老太太对待事物的乐观态度（结婚的事情姑且不提）值得我学习。

---

① 矢泽永吉，1949 年 9 月 14 日出生于日本广岛县广岛市，是日本的摇滚乐手。

闪耀的回忆

几年前，我光顾了一家奢侈品店。当然，我的生活几乎与奢侈品无缘。只是当时刚好遇到一件值得庆祝的事情，于是想去买一枚我心仪已久的戒指作为纪念，也算是对自己的一种奖励。出于这种想法，我初次走进了那家奢侈品店。

因为不习惯店里的氛围，我没出息地紧张起来。但店员非常热情，为我试戴了好几款戒指，仔细比对尺寸和颜色，看是否适合我的手指。此外，她还会从专业的角度清晰地表达自己的看法，比如"这款更适合您的肤色"等等，而不是一味地推荐价格更高的款式。我接话说："我明白了，你们真的很有职业素养。你们也希望自己公司的商品被长久地珍视，所以会倾向于推荐顾客喜欢的款式对吧。"经过一番交谈后，我的紧张感也得到缓解。后来，我综合店员的多方意见，选了一款尺寸和颜色都较为满意的戒指。

店员帮忙包装戒指期间，我无聊地查看起店里的商品目录。上面罗列着琳琅满目的珠宝。我注意到了其中一条做工十分精致的18K

金项链，样式好看极了。

这时，店员拿着包装好的戒指走了过来。我指着商品目录说："这条项链好漂亮呀。"

店员连忙回答："这条现在店里有现货，要试戴一下吗？"

"不，还是算了！这条项链的价格都能买一辆好车了。我实在是买不起。"

"您不必在意。我也觉得这条项链很漂亮，虽然价格是贵了一些。因为迟迟没有遇到对它感兴趣的顾客，这条项链一直被放在里面的货架上。偶尔也要拿出来给人戴一戴，这样项链也会更有动力。"

店员特意把项链拟人化了。我也想过把这宝贵的机会让给我会不会太浪费，但因为太想看到实物，我也就没再推托。

过了一会儿，店员把项链拿了过来。那条项链真是太美了，我不禁看得入迷。纤细的链条轻轻摇晃，闪烁着耀眼的光芒。戴上后的形状和质感细腻流畅。项链质地轻盈，颈部不会有任何负担感，简直无可挑剔。我不禁感慨：这应该是工匠花费大量心思精心制作而成的吧，确实值这个价格，简直是珍品。

但问题是，我当时在棒球夹克里穿了一件价值仅几百日元的保暖内衣。我也没想到会跑来试项链，真是大意了。

"可我里面穿着保暖内衣，项链看到也会吓一跳吧？"

店员似乎早注意到我穿了保暖内衣。听到我的话后，她轻笑了一声，回道："怎么会，我原本以为这款项链配 T 恤会很好看，不过现在看来，跟棒球夹克也很配。以后我可以自信地对顾客说，不管是穿正装还是摇滚休闲装，都可以搭配这款项链。"

穿保暖内衣摇不摇滚，我不知道，但我深刻地认识到，只要项链够美，即便是休闲打扮，也完全适配。

"如果连续戴上一年的话，一天只要一万日元，这么想想好像很便宜。"

"是啊，不戴的时候还可以出租，就像度假酒店的会员卡一样。"

我们开始了一通莫名其妙的计算，我的金钱观也随之发生改变，或许这就是美的魔力吧。

后来，项链的扣环怎么也打不开。

"因为这款项链很少拿出来试戴，操作起来不太习惯，抱歉啊。"

店员继续陷入苦战。

"没事哦！取不下来的话，我就直接戴着回家了。"

"那样我可能要跟着去您家了……"

"意思是你要住我家？"

"没错。"

"那我得把客人用的被子拿出来晒晒。"

我们打趣似的闲聊了一阵。但遗憾的是，后来项链顺利取下。我提着装有戒指的礼袋，依依不舍地告别了店员和项链。

我现在仍戴着那枚戒指。因为平时动作比较粗鲁，戒指上留下不少划痕，但我依然很喜欢。每当看到这枚戒指，我都会想起那个亲切有趣的店员，以及她为我试戴的那条项链。

原本是为了纪念才买下的那枚戒指，结果又留下了回忆，成了新的纪念。无论怎么看，那都是一次十分愉快的购物体验。

不擅长但喜欢的事情

我有很多不擅长的事情。在日常生活中，令我尤为困扰的是，我不会切西瓜。西瓜一般都是球形（有些形状像橄榄球），我会先把它切成四块等大的扇形，然后把其中一块放在砧板上，垂直切成几小块，有点像切枕头面包。这样一来，西瓜就会变成薄薄的三角形。但我朋友看到却说："西瓜中间的部分最甜，为了保证那部分能均匀地分到每一小块上，应该这样切哦。"

说着，她拿起另一块示范起来。她切出的西瓜呈立体三角形，不仅外观精致，中间最甜的部分也均匀地分到了每一小块上。

"哇！"我不禁发出了感叹的声音。朋友飒爽地挥动着菜刀，颇有剑豪的风范，我无论如何也学不来。后来，我艰难地试过几次，但不知为何，最后总是会切成破碎的四边形，简直令人绝望。

所以，我不理解"立体物品"，更不擅长切这一类东西。尤其是卷心菜和洋葱，因为切的时候要兼顾纤维走向，这对我来说更是一头雾水。每次把卷心菜切丝的时候，最后都会莫名地剩下中间的菜芯。

有时我明明想把洋葱切成月牙形，但因为纤维不断散开，最后却变成了不规则的碎片。每每这时候，我都会独自在厨房流泪（不是因为洋葱），暗自感叹：我明明是想那样切的，又失败了……

我还有一件不擅长的事情——栽培圣诞花。我很喜欢养植物，而且自觉技术还算不错。但可能是属性不合，我怎么也养不好圣诞花。

最近的圣诞花不只有红叶，还有粉叶和黄叶品种，十分可爱。每当临近圣诞节，我都会兴冲冲地买上一盆，放在家里远远地观赏（确切来说，有颜色的部分不是叶子，而是花苞或者花蕾）。但我怎么也把握不好温度和浇水量，买来的圣诞花每次都会不出意外地枯萎、凋零。

后来，经过反复试验，我得出结论：应该把花盆放在浴室。我家有一个小型独立浴室，里面的温度不会太低，而且每次沐浴过后，浴室的湿度会变得恰到好处。此外，放在浴室看到的机会更少，可以防止过度浇水。所以养圣诞花也有弊端——不能尽情观赏，但（圣诞花的）生命无可替代。

多亏了这种方法，我去年买的圣诞花仍在浴室里苗壮成长，如今已经长出了茂密的黄叶。旁边还有两盆绿叶圣诞花。那是我前年和大前年买的，原本应该长出粉色和红色的叶子，谁知最后竟是绿色。

没错，圣诞花必须"控制日照时间"，叶子才会有颜色。到了秋天，在傍晚和晨间时段，我会用纸箱盖住盆栽，减少日照时间。慢慢地，圣诞花会意识到"嗯，我该发芽了"，等到了圣诞节，叶子也就有了颜色。

但我每年都控制不好日照时间，那几盆圣诞花时常在枯萎的状态下熬过冬季。但到了春夏季节，它们又会恢复生机，重新变得枝繁叶茂。每每这时候，我都会如释重负地嘀咕"太好了太好了"。等到了秋天，我又会如期地为圣诞花盖上纸箱。但因为我的起床时间不规律，它们只能任由我摆弄。有时大中午还未来得及掀开纸箱。有时因为我下午三点要睡觉，索性睡前便把纸箱盖上。

如此一来，圣诞花自然很难长出有颜色的叶子，绿色盆栽的数量也就越来越多。绿色圣诞花相当于"一棵小树"，虽然可爱，但完全没有原来的感觉……有时候我也会对自己的行为打心底感到疑惑：为何要在浴室摆这么多棵小树？

虽然很不擅长，但我还是会继续切蔬菜、养圣诞花。因为蔬菜和圣诞花都是美好的代名词。

我呆呆地看着被自己切变形的西瓜和蔬菜的横切面，发现种子、叶脉和纤维是那样的精美。浴室的圣诞花亦是如此，叶子上积留的水滴如宝石般闪耀，水滴化作透镜，放大了底下的叶脉，真是不可思议。大自然竟能创造出如此美丽的纹路，简直太神奇了。

我们的人体结构也同样美丽而精妙，我每天都怀着不可思议的心情，光着身子蹲在浴室里，饶有兴致地欣赏那几盆圣诞花。

耀眼的偶像团体与自觉的女生

我以前时不时会拉上好友一起去餐厅吃饭闲聊，或是偶尔一起去旅行，但最近哪也没办法去。本想着等情况好转再出门，但即便新冠疫情不再大规模流行，未知的传染病还是会反复暴发。看来今后还得做好心理准备，勤加演练，以应对突发状况。

做了这么多铺垫，其实我这次要表达的重点不是这个。因为最近有个"闪耀唱跳团体"要举办演唱会，于是我去了东京巨蛋。

当然，我知道这种时期并不适合去看演唱会。但眼下音乐和演艺相关行业的工作人员确实面临着生存危机，或许可以尝试寻找"既能预防感染，又能举办活动"的方法。又做了这么多铺垫，说实话，其实是我太想去看演唱会。做好严密的防护措施后，我便出门了。

会场的防疫措施比我想象中还要严格，观众被告知必须下载COCOA（密接跟踪软件），并在入口处接受检查。还必须要戴口罩、测体温、双手消毒。不仅如此，入场均使用电子门票，其间跟工作人员没有任何物理接触。

观众人数限制在容纳人数的一半，座位呈棋盘式排列，前后左右都有空位。如果朋友之间靠得太近或交头接耳，工作人员会立即上前提醒。当然，演出期间禁止闲聊。

不过，因为登台表演的是一个十分耀眼的偶像团体，观众看到难免会发出激动的尖叫声。我平时习惯抱着胳膊，如同一尊佛像一般，默不作声地坐在位置上观看演出。但这场演出的偶像团体实在太养眼，即便是佛像，也可能会忍不住大喊几声。

但实际上，团体闪亮登场的瞬间，观众几乎没有发出任何声音，只是用鼓掌或是挥舞小旗的方式表示支持。

我旁边（实际上隔了一个空位）坐着一个十五六岁的女孩，她用双手捂住戴着口罩的嘴，极力不让自己发出声音，拼命挥舞手中的小旗。她应该是想大声尖叫吧，但还是努力忍住了。嗯嗯，你的心情我懂……我默默地点点头。

但考验还在继续。团体成员一会儿走到过道上，一会儿分散在移动式迷你舞台上，绕着场地外围旋转，比在主舞台上时的距离更近。

这耀眼的光芒……岂是普通人类所能承受的？我担忧地瞟了一眼旁边的女孩。光用手似乎已经抑制不住她想尖叫的冲动，她正隔着口罩咬着毛巾。不，应该是隔着口罩把毛巾塞进嘴里。我理解你的心情，但这样会有窒息的风险吧！真的没事吗？

即便如此，她还是忍住了，全程一声不吭地看着台上的精彩表演。看着这样的她，我不禁心想：其实这样的你，比台上的偶像团体还要美丽、耀眼。

女孩往嘴里塞着毛巾的样子，若是被不知情的人看到，多半会感到担忧，或是觉得滑稽吧。但我明白她究竟有多期待这场演唱会，也理解她的内心究竟有多感动。但她又担心发出声音会影响到周围人，只得理智地捂住嘴巴。这些我都感同身受，同时不禁暗自感慨：真是个好孩子。

现场还有很多像她一样的人，整个东京巨蛋十分安静，只有不时响起的掌声，以及挥舞小旗的声音。

我不清楚那场演出是否有人感染（参考附言），但在场的人都在竭尽所能地避免感染或是被感染。

另外，让我感到惊讶的是，移动式迷你舞台的侧面安装了一个巨大的鼓风机，团体成员在场地外围绕圈时，也能为整个场地通风换气。这想法也太绝了吧！

在巨大鼓风机上释放魅力的耀眼团体，用毛巾堵住嘴巴的女孩，这种超现实的光景，让人有些分不清究竟是虚拟还是现实。但我强烈地希望，在大家的努力下，我们能一点一点地恢复"日常生活"。

附言：这篇随笔写于 2021 年 3 月，其实"耀眼的偶像团体"指的就是 EXILE（放浪兄弟）（害羞）。顺便说下，那场演唱会结束后，没有传出有观众感染的消息。这都是捂嘴女孩和其他观众共同努力的结果。

对了，2022 年 9 月，政府宣布停用 COCOA。到底是什么情况？也不知道这个软件有没有起到作用。事实证明，政府人员也跟我一样，不擅长用软件？但如果我不擅长用 EXCEL 什么的，顶多也只会给三个人添麻烦。如果政府人员不擅长用软件，那可就麻烦了，最好赶紧去培训班学习一下哦。好想催他们考虑一下（又说了些废话）。

小伊梅尔达

我母亲一直很喜欢鞋子，稍不留神，就会发现鞋柜里又多了几双闪闪发光的鞋子。小时候我还歪着头吐槽说："妈妈你又不是章鱼，干吗买这么多鞋子呀……"顺带一提，我的父亲时常称呼自己的妻子为"伊梅尔达①夫人"。不同于伊梅尔达夫人，母亲买的鞋子都不贵，所以我家暂时没有掀起革命。

才刚写一段，我又要转移话题了。年轻人可能不知道"伊梅尔达夫人"是什么意思。我最近在写随笔的时候，时常会担心年龄代沟的问题。比如，我又拿棒球打比方了，不知道年轻人能不能看懂？可能因为我年纪大了吧。前些天，某个杂志社提到了"门把手保护套"的话题，结果编辑吐槽说："知道这东西的得有三十多岁了吧"。他说的确实在理。老兵永不死，只是渐凋零②！（年轻人肯定不知道这句话

---

① 伊梅尔达·马科斯，1929 年 7 月 2 日生于菲律宾马尼拉，菲律宾前第一夫人，以生活奢侈和收藏大量鞋子而闻名。

② "老兵永不死，只是渐凋零"是美军五星上将道格拉斯·麦克阿瑟在 1951 年被美国总统杜鲁门撤职后，在国会大厦发表的题为《老兵永不死》的告别演说中说过的话。

的出处吧？其实我也很少关注这些，我也是许久之后才得知麦克阿瑟被撤职的消息。）

这些姑且不谈，当年那个吐槽"又不是章鱼或者伊梅尔达夫人，干吗买这么多鞋子"的我，如今自家的鞋柜也被塞得满满当当……

长大后，我也开始变得爱买鞋。基因这东西真是可怕（可不能什么事情都怪基因）。

我会定期处理损坏的鞋子，把剩下的仔细洗干净后晒干。可能因为鞋柜被塞得太满，或者因为玄关通风条件差，我心爱的鞋子发霉了。打开收纳靴子的鞋柜门时，我整个人惊呆了。

这样下去，收纳高跟鞋和凉鞋的鞋柜可能也会受到波及！（一个鞋柜装不下，我另外又买了两个小型鞋柜组合起来使用……）得赶快处理。我慌忙振作起来，去网上买了一些鞋子去霉用的喷雾。

第二天，我拿着新收到的喷雾，把鞋子整齐地摆在玄关处。今天天气正好，我戴上口罩和军用手套，先用鞋刷把鞋子上的霉点刷掉。谨慎起见，我用另一把鞋刷把没有发霉的高跟鞋和凉鞋也清洗了一遍（我有两把鞋刷，我对鞋子可是真爱）。

刷干净霉点后，该给鞋子喷防霉喷雾了。但不知为何，这瓶喷雾的泵头格外硬，我使出浑身力气才勉强按动。这设计能不能人性化一点……我叹了口气，边嘀咕"除霉还得顺带锻炼握力"边往鞋上喷起了喷雾。

等把所有靴子都喷完后，喷雾也用完了。不够啊……还想给高跟鞋和凉鞋喷一点呢，这点量完全不够啊！此时我的手无比酸痛，像是得了腱鞘炎一般。我又去网上订购了一些。看样子至少还需要两瓶除霉喷雾。千万要挺住啊，我的手……

第二天，我用新到的喷雾把剩下的鞋都喷了一遍，但我的惯用手也彻底废了，已经痛到连易拉罐的拉环都拉不开了。但我心爱的鞋子们还在等着我！放在阴处晾一会儿后，我又仔细地为每双鞋抹上鞋油。为了心爱的鞋子，我必须全力以赴，就算再也吃不了罐头食品和罐装啤酒，也在所不惜！

话说回来，我是不是该改改自己懒散的收纳习惯了？那样也就可以少很多痛苦吧？到了傍晚，保养鞋子的工作告一段落，我把鞋柜里面擦拭干净，再把锃亮的鞋子整齐地摆放进去。呼，完工。

因为苦战了两天，现在写稿子每打一个字，我的手都隐隐作痛，但我并不后悔。我对鞋子果然是真爱。所有时尚用品都是如此，明明只要具备相应功能就行，可很多东西还是会加上亮晶晶的装饰品，印染上漂亮的颜色和图案。保养鞋子的时候，我惊喜地发现，有些鞋型不只是为了追求时尚，还能很好地支撑双脚。我不由心生感慨：不是所有人都追求实用，也有人更注重美观，人心这东西真是不可思议。

在我拼命地为鞋子抹鞋油的时候，许多蚂蚁在我的脚下来回穿梭，忙得不亦乐乎。有的叼着紫色的花蕾，有的四处游荡。有些蚂蚁开始爬到我摆好的鞋子上，我连忙轻轻将它们拂开。它们先是愣了一会儿，遇到同伴才安下心来，继续跟着队伍往前走去。这样的一幕也同样可爱而美好。

附言：但后来，我又跟蚂蚁之类的小动物展开了战斗（参考后面的随笔）。如今回想那场战斗，我深刻地觉得，两三只蚂蚁还算可爱，但如果成群结队，那就真的很难对付。那些家伙生性勤劳，不会轻易停止前进。像我这种会让鞋子发霉的懒人，怎么也不可能是它们的对手。

天国的庭园

朋友说她家院子里的玫瑰花开了，想邀请我前去观赏。于是我迫不及待地去了她家做客。朋友的父亲喜欢在自家的院子里种植玫瑰，我也很期待看到院子里的美景。

听朋友的父亲说，种植玫瑰只是他的"爱好"，他家院子里到处都开满了不同品种的玫瑰，甚至还有一个玫瑰拱门。围墙后的玫瑰争相绽放，而且颜色搭配得恰到好处，深受邻居欢迎。附近的亲朋好友都会慕名前来观赏。

"哇……"走进花园，我不禁发出一声感叹。玫瑰花开得格外娇艳，即便戴着口罩，也能闻到令人感到舒适的花香。相比贵族庭园，我更想用天国庭园来形容这般美景。

但有一件事我十分在意。这是我时隔两年再次在玫瑰花开的季节来到朋友家做客，玫瑰花显然比上次茂盛了许多。

"那个……盆栽数量是不是又增加了？"

听到我的话，前来迎接的朋友的父亲尴尬地别过头，支支吾吾地说："是吗？没有增加啊。可能因为玫瑰花长大了，所以会给你这种错觉吧。"

朋友和朋友的母亲却像是抓了现行一般，争相斥责起朋友的父亲来。

"看吧！肯定又增加了！"

"你明明答应过不再买新苗，不再添置新盆栽的！"

可能因为她们每天看着院子，感觉不出明显变化。即便有时候感觉玫瑰花数量好像变多了，也会被朋友的父亲以"错觉"为由搪塞过去。

"我还想欣赏一下其他植物呢，结果你爸爸种了一园子的玫瑰。"

朋友的母亲边叹气边泡起了红茶。对于丈夫痴迷玫瑰的行为，她已经束手无策，只好放弃说教。

我们坐在院子的长椅上边品着红茶，边欣赏玫瑰。与此同时，我朋友的父亲还在滔滔不绝地介绍着玫瑰的品种和种植方法。我记不住品种的名字，只记得当中有长着八重花瓣的大号白色玫瑰，中间带有淡粉色或红色斑点，类似野生品种的玫瑰，以及紫色、柠檬黄色的玫瑰等，色彩斑斓，形状各异。香味也各不相同，有的像香水一样浓郁，有的只有把鼻子凑到花朵旁，才能闻到淡淡的清香。即便是同一株玫瑰，花朵绽放的程度不同，香味也截然不同。喝完红茶后，我开始四处拍照，品味玫瑰的花香。朋友的父亲边继续为我讲解玫瑰的知识，边在旁边尽情地嗅着花香。明明每天在照料玫瑰，按理应该看够了，也闻够了吧，可他好像还一副意犹未尽的样子。看来他真的很喜欢玫瑰呢，想到这里，我不禁嘴角上扬。

朋友的父亲七十多岁，据说是退休后，某天突发奇想要在院子里种玫瑰。此后，他便把这当成了唯一的爱好（"爱好"二字已经不足以形容他的痴迷程度），每天辛勤地改造庭园，培育品种各异的玫瑰花苗，通过扦插增加玫瑰的数量，很快便筑起了一座色彩斑斓的玫瑰园。他一大早便开始打理玫瑰，晚上入睡前还会在脑子里盘算明天该干什么。

我也会觉得朋友父亲的状态有些过头，但看到他活力十足、乐在其中的样子，我又不禁感慨：能找到自己喜欢的事情，真好。而且，多亏了朋友的父亲如此痴迷玫瑰，我和周边邻居才能有幸欣赏到如此绚丽的玫瑰园。这爱好简直太棒了！（这句话已经不足以表达我当时的心情。）被朋友的父亲悉心照料的玫瑰们也一定很幸福吧。

不仅如此，朋友的父亲还特别会未雨绸缪。他种了许多玫瑰幼苗，说是等拱门上的藤蔓玫瑰枯萎后，可以用这些幼苗补上。但因为照料得太好，拱门上的玫瑰不仅没有枯萎，反而越开越盛，花盆里培育的花苗也逐渐长大并开花，早已不是"幼苗"的模样，难怪院子里的玫瑰花越来越密（虽然从购物清单上就能看出来偷偷买了新苗）。不只是朋友的父亲，连玫瑰也活力十足，忘记了枯萎。

如果是我，我会通过电视和杂志大肆宣传这处庭园，然后收取观赏费，或者制作玫瑰果酱售卖，又或者推出新的杂交玫瑰品种，尽情满足自己赚钱的欲望。但朋友的父亲似乎对这些并不感兴趣，只是每天闷头照料玫瑰，供家人和好友欣赏，自己偶尔也能一边赏花，一边品茶。对他来说，这样足矣。正因如此，玫瑰园才能如此花团锦簇。我在玫瑰的包围下度过了如梦似幻的几个小时，无论怎么看，都觉得意犹未尽。

后来，我带着依依不舍的心情离开了玫瑰园。朋友决定送我去车站，我正打算上车时，发现她家屋檐下堆着几大袋腐叶土。

"这是……"我问道。

"是啊，看来他又打算买新苗了。"朋友叹了口气，笑着说道。

小小的入侵者

发财树（观叶植物）的叶子背面会分泌蜜露，这种蜜露会吸引蚂蚁，让蚂蚁在舐食蜜露的时候，顺带吃掉叶子上的害虫。植物真是聪明。

我家窗边有一盆发财树，最近正在分泌蜜露。蜜露透明而黏稠，我用手指蘸了一点尝了尝，味道很甜，有点像糖浆。（本人亲测少量摄入对人体无害，但不确定是否能当成砂糖，放入红茶和咖啡里食用，也不确定大量摄入是否会对人体产生影响，请务必注意。）

但我家的发财树一直放在室内培养，算是温室里长大的小姑娘，即便分泌了蜜露，也不会引来蚂蚁。但蜜露滴到木地板上会变成白色硬块，清理起来十分费力。看样子这东西只会添麻烦？

某天，我不经意地瞟了一眼发财树所在的房间，发现有二十来只黑色的小蚂蚁在地板上来回走动。可能是从纱门的网眼或是从窗户的缝隙处钻进来的吧？它们正围在盆栽周围，似乎在想办法爬上那株发财树。

我家温室里长大的小姑娘终于要和蚂蚁约会了！但是，蚂蚁一直待着不走也挺头疼，于是我用拖鞋把它们都拍死了（毫不留情）。

最不可思议的是蚂蚁的嗅觉。我家在二楼，所以蚂蚁只可能是从窗户进来的，但我平时从未在阳台上见过蚂蚁。也就是说，是地面的蚂蚁军团在那天闻到了发财树分泌的蜜露的香味，于是顺着墙爬了进来。鼻子也太灵敏了吧。

如果那些蚂蚁是从地面的巢穴千里迢迢赶到这里，那我又有一个担忧。那些入侵的蚂蚁军团在被我发现并消灭之前，也许有部分已经饱食了一顿，并迅速回到了巢穴。那些蚂蚁肯定会对同伴这么说：

"我发现了一棵能产美味蜜露的树，我告诉你们它在哪里，明天我们一起去吃。"

这样下去，只要我一开窗，就会有大量蚂蚁涌入……吸引蚂蚁的元凶是发财树，但我不能杀死我精心培育的植物，可我也不想做出大量虐杀蚂蚁这种残忍的事情。那我总不能一直关着窗吧，这样房间会发霉的。

怎么办才好呢？思虑再三后，我决定借用科学的力量。我来到药店，看向放有杀虫剂的货架。嗯，上面有很多蚂蚁用的杀虫剂和毒饵。但是，我想尽可能避免杀生。如果蚂蚁把毒饵带回家，导致整个巢的蚂蚁惨遭毒害，那可真是睡觉都要做噩梦了。

经过深思熟虑，最后我买了一种可以让蚂蚁避而远之的药粉。我像画停止线一样，在阳台的窗户外围撒上新买的药粉。装药粉的大号瓶子上写着：需将药粉撒至堆起的厚度。于是我按照产品说明的方式，像撒辟邪盐堆①一样，在窗框边撒下了一条厚厚的白线，整个屋子如

---

① 日本人习惯在店铺或家中玄关的位置堆上一碟盐，用来镇宅求平安。

同布设了某种神秘结界。我把剩下的白色药粉撒在了不确定蚂蚁是否会经过的地方，并在白线旁写下了"禁止通行"几个字。不知道街坊邻居看到我家阳台，会不会觉得这屋子的主人精神有问题，希望不会吓到他们吧。

第二天，我战战兢兢地打开窗户，悄悄关注事态的发展。蚂蚁没有出现。我舔了舔蜜露，故意大声说"好甜，好好吃啊"，同时目光不时瞟向窗外。但没见到蚂蚁的身影。

太好了！蚂蚁果然看懂"禁止通行"那几个字了！（可能不是因为这个）

我安下心来，回到房间开始闷头工作。中途我突然想泡杯咖啡，起身去了一趟厨房，结果发现有十来只蚂蚁在水槽上爬行。呀！我好不容易把阳台的窗户封住了，结果这些家伙从厨房的窗户钻进来了。消灭它们！（毫不留情）我又跑去药店买了一瓶药粉，在厨房的窗户上也布设了结界。早知道不该浪费药粉写"禁止通行"几个字了……

就算是强大的阴阳师①操控式神②飞过来，也会全被反弹回去吧。现在我家所有窗户都布设了严密的结界，蚂蚁也终于停止了入侵。但我现在担心，街坊邻居会不会因为害怕，不再把板报③传给我家了？在阳台晒衣服的时候，我也必须得小心避开白线，非常不方便。不过没事，暂时先这样吧。

这章收录的随笔是以"日常生活中的美"为主题撰写的，主要在

---

① 阴阳师是指懂得观星宿、相人面，还会测方位、知灾异，画符念咒、施行幻术的人。

② 式神指在阴阳师的命令下所役使的灵体，其力量与操纵的阴阳师有关。

③ 传阅板报是日本社区的一种信息传播的方式。社区会通过传阅板报的方式来通知社区里的活动以及注意事项等。

月刊杂志上连载。但这次我有些偏题，与蚂蚁的战斗毫无美感可言，杀生只会让人感到悲伤。

但生活就是如此，不是每个月都会遇到美好的事情！（重新调整心态）

非要说的话，"禁止通行"几个字写得还挺端正。还有，发财树的蜜露顺着叶子背面流下来，聚集在叶子的尖端，变成一颗像朝露一样透明的圆球。在阳光的照射下，蜜露闪闪发光，格外美丽。

附言：与蚂蚁的战斗终于拉开帷幕，虽然这次勉强取得了胜利，但还会有新的强敌接连来袭，事先预告一下。我为什么总跟这些小生物过不去？是闲的吗？

悄然闯入的蜥蜴与父亲

　　我回到家打开玄关门的瞬间，一只小蜥蜴从我脚下穿过，溜进了房间。什么！我可没打算跟你一起进屋！

　　我赶紧追了上去，但蜥蜴已经不见踪影。时至今日，我依然不知道它躲在了哪里。就这样，我被迫跟蜥蜴住在了一起。因为不确定它什么时候会跑到我床上，我每天都不敢睡得太沉。希望蜥蜴也喜欢单独睡觉……

　　好了，接下来我想聊聊美甲。

　　我大部分时间都在家里对着电脑，能看到的基本只有自己的手。所以，我比较在意自己的指甲。我看不到自己的脸，素颜倒也无所谓。但如果指甲光秃秃的，我会心想：还是去做个华丽点的美甲吧，不然工作都没干劲！

　　所以，大约从十年前开始，我便时常光顾附近商业街的一家美甲店。我基本每三个月就要找美甲师做一次指甲。我一般做光疗甲，就是涂上一种可以在紫外线下凝固的甲油胶。不同于普通甲油，这种更不容易脱落。在此之前，我一般都是自己涂，但每次淘米都会有甲油碎片剥落。有了光疗甲后，这些问题便迎刃而解了。

跟美甲师确认款式和颜色后，看着指甲一点点变得精致，心情也会变得愉悦。我喜欢华丽、闪亮的东西。（朋友时常吐槽说，我的爱好跟乌鸦颇为相似。）涂上鲜艳的原色后，我通常还会继续在上面点缀亮钻、金线之类的饰品。如果把指甲装扮得像宝石一样耀眼，情绪也会随之高涨。我特意叮嘱美甲师"多贴点亮钻"，就像我在拉面店叮嘱老板"多放点大蒜"一样。

做美甲大约需要一个半小时，这期间我要一直面对着美甲师，把手交由她摆弄。因为常去这家店，我跟美甲师已经很熟，自然会闲聊几句。我们一般会谈论商业街新开的餐馆、附近的租房价格以及学校的口碑等等，美甲店的消息灵通程度，丝毫不亚于美容院和理发店的。

某次，我半夜被救护车的声音吵醒。外面十分吵闹，我好奇地看了看窗外，发现有几辆消防车快速驶过。我隐约有些担忧，但又不知道究竟是哪里起了火。

两天后，我按照事先预约的时间来到了那家美甲店。闲聊的时候，我猛然想起那件事，于是随口提了一句："前些天夜里好像发生火灾了呢。"

"×丁目不是有一栋外墙贴砖的公寓吗？听说是那边×楼的房间起火了。"美甲师很快便解开了我的疑惑。"但还好只是小火，住在里面的人没事。听说是烟蒂没有彻底熄灭，点燃了厨房的垃圾桶。幸好那个住户醒来去上厕所，及早发现了异常，这才幸免于难。"

"咦，好厉害呀。"

"真的，偶然避开了一场灾难，真是走运。"

"住户确实走运。但两天就能把消息打听得这么清楚，你也好厉害呀。"

这情报收集能力丝毫不输间谍。美甲店是社交场所（闲聊之地），不仅能让人变美，还能教人思考人生百态，学习生活常识（比如香烟和线香熄灭后，可能还残留着火星，有引发火灾的风险，使用时务必小心等等）。多亏了美甲师，我不仅指甲变美了，连思维也变得活跃了，简直受益良多。建议大家多去美甲店哦。

写到这里的时候，玄关处突然传来开锁的声音。我现在是独居（严格来说，是被迫跟一只蜥蜴同居）。难道进小偷了？为方便报警，我紧紧握住手机，同时密切关注门口的情况。玄关处突然传来"呀"的尖叫声以及慌乱的脚步声。

我家还没脏到会把小偷吓到尖叫吧？而且，刚刚的声音听起来有点耳熟……

我连忙打开房门，走向玄关。果不其然，父亲拿着备用钥匙站在了门口。不知为何，他手里拿着一把扫帚，似乎想驱赶什么东西。

"说过多少次了，老爸！你这样很吓人，能不能先按门铃呀！"

"被吓到的人是我吧！我本来打算开门，谁知突然蹿出一只蜥蜴！但我已经用扫帚把它赶走了，放心吧。"

就这样，我结束了与蜥蜴的同居生活！（无关紧要的新消息）

这都是父亲的功劳，但他刚刚尖叫了对吧？竟然会被一只小蜥蜴吓成那样……这还是我第一次听到父亲尖叫，简直太好笑了。不过还是得感谢他。

日常的观察者

时常听到有人说"我已经厌烦自己做的菜了"。

我更是厌烦到了无以复加的地步。我已经对烹饪提不起任何兴趣，也不再想去寻找新食谱，每天只会做炖茄子、烤鱼、大杂烩之类的菜随便应付。我厨艺不精，做的菜不会好吃到令人惊讶，但也不至于难吃到无法下咽，只能算是平平无奇吧。我从自己的烹饪成果中感受不到任何惊喜和乐趣。

今年（2021年）夏天，我试着做了意面酱。旁边的锅在烧着煮意面用的水，水蒸气正咕嘟咕嘟地往外冒。突然，我感到一阵头晕目眩。这到底是怎么回事？我猛然意识到：难道是中暑了？说起来，我从刚刚开始一直在冒汗。为了省电费，我只在工作用的房间里装了空调，厨房简直是炙热的地狱。我跟跟跄跄地走上前，舔了一点准备放进锅里的盐，结果头晕目眩的症状神奇地消失了。

夏天在厨房里工作的厨师得有多辛苦呀。不过，我还是想去外面吃！我可不想为了做一餐平平无奇的饭而中暑丧命！（行了，赶紧装空调吧。)

但是，因为新冠疫情迟迟没有平息，我没办法外出吃饭，可又忍受不了自己的厨艺，于是只能每天去时常光顾的店铺点外卖。呜呜，专业厨师做的饭就是好吃。

"但是，堂食和点外卖还是有区别的。"

我边做着指甲，边向美甲师抱怨近来的处境。

"堂食可以跟朋友一起边吃边聊，即便是一个人，在店里吃也更开心呀。而且不用收拾，偶尔还能跟店员闲聊两句，我真的觉得这是去外面吃的乐趣所在。"

"我懂，"美甲师点点头说，"我也很烦做饭，去外面吃的时候，我喜欢观察其他用餐的客人。比如那一桌的男女看起来像是在交往。啊，男生去卫生间后，女生连忙玩起了手机！明明刚刚聊得那么投机……然后我会心想，这两人肯定没戏。"

"我倒不会观察得这么仔细……"

"欸？那你外出吃饭的时候，一般都做什么？"

我回答说一般都专心吃饭，但美甲师一副难以置信的样子。我不解地问："难道在餐馆不观察别人，专心吃饭是一件很奇怪的事情吗？"

"抱歉。"美甲师连忙道歉。

"重点在于起身去卫生间时的表情，"美甲师接着说，"人在内急时，最容易放松警惕。人的本性或者说真实想法更容易表露在脸上。聊到中途，其中一人去卫生间时，如果另一个人会微笑着目送，那表示两人关系很好，用餐时间也很愉快。看到这样的画面，我的心情也会变得很好。这是堂食才有的体验。"

"原来如此，确实。"

我表示赞同。即便是在店里吃饭的时候，也不忘捕捉身边美好的瞬间。美甲师也拥有一颗发现美的心呢。但一想到还有许多像美甲师这样的观察者，我就感到浑身不自在。看来今后去卫生间的时候要注意一下表情（自我意识过剩）。

我本以为自己讨厌做饭是因为厌烦了自己做的饭菜的味道。但通过跟美甲师聊天，我发现不只是因为这个。

在店里吃饭会有意想不到的际遇。不一定要有朋友陪伴，也不必与其他常客或服务员交谈。你可以观察或倾听在餐厅碰巧遇见但可能今后再也见不到的顾客的行为举止和谈话，可以呆呆地看着餐厅的电视，或是在去餐厅的路上，与偶遇的小狗来一次眼神交流。总之，外出就餐可以遇到意料之外的人与事，将自己置身于不可控的环境中（例如顾客的谈话、餐厅电视的频道等等），感受这一切所带来的快乐与刺激。但如果是自己做饭，这种机会会大幅减少，一切都由自己安排，饭菜的味道也几乎可以预见，这就是为什么我厌烦了做饭。

他人的存在和陪伴会为生活增添一丝光彩，但有时也会产生摩擦。我再次认识到：世界之美的根源在于它的多样性，在于它不以人的意志为转移。

被子风波

　　天气越来越冷，我从柜子里拿出厚厚的被子和毛毯，睡觉时把自己裹得严严实实。我蜷缩在柔软的被子里，倾听着窗外寒风吹拂的声音。这种感觉既孤独又充实。也许在窝里冬眠的熊也是这种感觉吧。不知不觉间，我进入了梦乡。

　　我喜欢在冬天的夜里睡觉。不，无论什么季节，我都喜欢睡觉。但最近这个夏天真是难以入眠。相比之下，我还是喜欢在软乎乎的被子里安心入睡。那种安全感和幸福感简直无与伦比。原来平静的冬夜也同样蕴藏着澄澈的美。

　　但今年冬天，我从柜子里拿出被子和毛毯，晒软铺好后，晚上满心欢喜地跳上床，想着终于迎来了冬眠的季节，谁知发生了一件意想不到的事情。我的小腿和胳膊一阵瘙痒……难道有蜱虫？可我晒过了呀，去年冬末，把被子和毛毯收起来前，我还特意清理过了。

　　我一晚上辗转反侧，总觉得浑身瘙痒。早上一睁眼，便立刻爬起来检查胳膊和腿（我是个贪睡的人，一旦睡回笼觉，可能一时半会很难醒来）。瘙痒的部位没有任何变化，既没有红肿，也没有被蜱虫叮咬的痕迹。

这是为什么？当晚我怀着疑惑的心情照常入睡，谁知还是很痒！肯定有蜱虫！

第二天早晨，我把被子、毛毯和床垫全都挂到阳台上，用一把三十厘米长的尺子不断拍打（我家没有专门拍打被子的工具）。晒被子期间，我还去药店买了一瓶可以消灭和预防蜱虫的喷雾，把床上用品里里外外都喷了一遍。

好，这下总没事了。我重新铺好床，躺了上去。

第二天早晨，我抱着头坐在床上。昨晚，我的胳膊和腿依然痒得厉害。这些蜱虫的生命力也太顽强了吧？

也许我不该唉声叹气，明明是醒着的状态，我的手突然又痒了起来。哼，可恶的蜱虫。这是已经爬到我身上了吗？我条件反射地卷起袖子，发现手臂上冒出了许多红疹。

啊，这是荨麻疹啊！不是蜱虫咬的！

每到花粉季节，我都很容易得荨麻疹。近几年除了秋季花粉，年末还有杉树花粉。天气刚转凉，各种过敏症状便接踵而至。这次可能是因为冬季皮肤干燥，加上我裹得太严实，忽冷忽热更容易诱发荨麻疹。

说起来，去年冬天我也因为荨麻疹去看过医生……不过，一年前的事，谁记得呢，嘿嘿。

我连忙去看了皮肤科医生，拿了些治疗荨麻疹的药。吃完药后，晚上睡觉终于不痒了。亏我除了那么久的蜱虫，其实压根不是因为这个。不过，好歹那瓶喷雾可以预防蜱虫，也算没白折腾吧。

荨麻疹的事情刚告一段落，我突然又开始备受噩梦困扰。一切都是因为母亲送我的那床冬被。听说是她从家里的一个衣柜里翻出来的，因为是那种老式棉被，里面填充的棉花特别重。盖在身上总有种鬼压床的感觉，难免会做噩梦。

忍受一星期后，某个早晨，我终于踢开厚重的棉被，从柜子里搬出羽绒被，放到阳光下晾晒后，换掉了这床旧棉被。回想起来，我去年也因为这床棉被太重，最后被迫换成了羽绒被来着……不过，一年前的事情，谁记得呢，嘿嘿。

为避免重蹈覆辙，我决定把棉被晒一晒，寄回给母亲。我把棉被塞进压缩袋，用吸尘器把里面多余的空气吸走。可打包后的被子怎么也不平整，这到底是怎么回事？因为被子里面没有空气，几乎全是棉花？还有这种被子吗？怎么跟某个妖怪有点像。

母亲收到被子后，给我打了通电话。我抱怨说："那被子就跟子泣爷爷①一样重，根本没法盖。"

"欸？"母亲有些无法理解，"我喜欢重一点的被子，那样才有冬天的感觉啊。最近的羽绒被真是太轻了，盖上都没感觉，太没安全感了。"

盖起来暖和着呢，放心吧！还有，羽绒被是最近才有的东西吗？明明很早就有了吧。总之，在母亲眼里，被子跟黄金一样，越重越好。而且她认为，重的被子可以增加身体负荷，让身体得到锻炼，变得更结实。

我那位老母亲连睡觉都想着锻炼。她这种坚韧不拔的精神确实值

---

① 子泣爷爷是日本德岛县传说中的妖怪，长着一张老人模样的脸，却会发出婴儿的哭声。若有人觉得它可怜将它抱起，它便会紧缠着不放并且慢慢将它的体重变重。

得学习，但我是一个生性懒散的人，这种妖怪被子还是还给她吧。

附言：我竟然又跟实际不存在的蜱虫展开了战斗，看完我都有点担心自己的精神状况。

记忆里的青蛙

  每当春天来临，我都会"虾起一些事情"（鼻子堵住了）。啊，抱歉，我去擤擤鼻涕。我想说的是"想起一些事情"。我患花粉症已经有三十多年，我很难真正地享受春天。每到这个季节，我的鼻子就会像关不紧的水龙头一样，不住地流鼻涕，眼睛、耳朵和喉咙也总觉得很痒。

  但我小时候对花粉不过敏，那时候春天对我来说是一个万物复苏、令人兴奋的季节。当时我住在东京二十三区，周围有许多田地、池塘、灌木丛和原野。到了春天，我会和小伙伴们一起抓蚂蚱、钓鳉鱼和小龙虾。还会摘很多笔头菜和艾草，分给邻居做佃煮 ① 和艾糕。

  这么写像是在怀念昭和时代的家乡生活，但其实在那个年代，养狗的居民不会特别自觉地处理狗狗的粪便，每次在田野里玩耍，我都会不小心踩到狗屎，然后被吓一跳。路上也时常能看到被汽车压扁的青蛙，像一块煎饼一样粘在地上，每次看到我都会吓得尖叫。那时候

---

  ① 佃煮是指在食材中加入酱油、调味酱、糖等炖制而成的传统日式小菜。

没有下水道，厕所基本都是简易茅坑，周末还得去清理路边的水沟。现在显然要更方便，而且更舒适，我可一点也不怀念那时候。

但我喜欢去池塘和田野里抓小动物，然后放在小昆虫笼或者鱼缸里饲养。最先宣告春天来临的是我家院子里的青蛙。这一章的开头提到过，我小时候特别喜欢院子里的一棵树，树底下有一个生锈变形的破鼓，里面住着一只大青蛙。

那是一只外观极其普通的褐色青蛙，也可能是蟾蜍。我在院子里玩的时候，它时不时会从鼓里爬出来，把我吓一跳。（当时我对很多东西感到害怕。）傍晚，我从田野玩累回家后，发现它正坐在我家玄关前，又把我吓了一跳。

母亲打趣似的说："见你这么晚没回来，它担心地在门口等你呀。"我没好气地反驳说："我才不要一只青蛙等我，能不能别说得跟《漫画日本昔话》（动画片）里的故事一样。"

每当临近冬天的时候，青蛙都会偷偷地躲起来。虽然相处得不算融洽，但我还是会担心它是不是死了，于是探头往鼓里看。但里面黑漆漆的，什么也看不见。

等天气变暖，青蛙又会悄无声息地冒出来，在院子里爬来爬去。从颜色和大小来看，应该是同一人（确切来说，是同一只）。在那里生活期间，只要看到青蛙出现，我便知道，春天来了。

太好了，终于到了去池塘边玩耍的季节！我家附近有一片小池塘，里面有许多野生动物，每当水温转暖，我们就会兴冲冲地拿着小鱼干和棉线去池塘边钓小龙虾。

但最令人兴奋的还是青蛙卵。透明的胶状物里整齐地排列着许多黑色的卵，看起来很好吃的样子……后来，木薯粉珍珠开始大受欢迎。那时我还得意地心想：就知道这东西好吃（拜托，木薯粉珍珠可不是青蛙卵哦）。

看到池塘里有蝌蚪游动时，我会把它们捞起来养在鱼缸里。等它们长出四肢，尾巴变短时，再把它们放回池塘。因为等它们完全变成青蛙后，就会逃离鱼缸，到时候就很难抓住了。院子里那只青蛙应该也会去池塘里产卵吧？也许是这栋房子的前主人不小心把蝌蚪养成了青蛙，小家伙逃走后躲进了废弃的鼓里，后来才会被我遇见。我试想了很多种可能性，至于实际如何，便不得而知了。青蛙似乎没有察觉到屋里养了许多蝌蚪，依然每天在院子里徘徊，时而坐在玄关口把我吓一大跳。

如今，那只青蛙可能早已不在人世了吧。时隔二十年路过老家门口时，我发现我最爱的那棵树还在，但那个生锈的鼓已经不见踪影，不知是被人移走了，还是彻底腐朽了。我还去了小时候常去的池边，发现那一带已经变成了公园，池塘被修理得十分规整，完全看不出那曾经是引众多孩子失足落水的"无底沼泽"（其实池塘的水并不深，落水的小孩也很快被拽了上来，大家都平安无事）。这样虽然安全，但青蛙来产卵的时候，出入很不方便吧？我不禁有些担忧。

我倒不是怀旧，可能是莫名地有些伤感吧。我蹲在池边做起了竹叶船，三个小学生模样的女孩走过来问："这个是怎么做的呀？"于是我邀请她们加入，一起做了好几艘竹叶船，放到了水面上。接着我好奇地问："这池塘里有青蛙吗？""有哦！""还有好多青蛙卵呢。""看起来很像木薯粉珍珠。"听到两人叽叽喳喳的回答，我会心地笑了笑。果然大家都觉得像木薯粉珍珠呢。

青蛙卵摸起来十分滑软，表面有一层透明的胶状物。本以为这些已经化作了美好的回忆，谁知如今依然深受小学生喜爱。青蛙的子孙们也一定在池塘里过着快乐的生活吧，尽管时不时会受到小学生的骚扰。

帅哥与昆虫

一个同龄朋友说："真是伤脑筋，生完孩子后，我的体重一直飙升。"

我们认识很多年了，彼此十分了解。据我所知，她的孩子已经上大学了。

产后肥胖这种情况会持续近二十年吗？我没有生过孩子，但我知道一个词叫"中年发福"，难道不是因为这个吗？

想到这里，我小心翼翼地提出了自己的观点。

"讨厌，瞎说什么呢，这绝对是产后肥胖！"

结果朋友压根儿不想承认自己已步入"中年"，但好在她能够正视自己"变胖"的事实。受新冠疫情影响，最近大家被迫居家办公。听说她会在电脑上播放健身视频，利用午休时间进行锻炼。

我早已接受自己步入"中年"的事实，所以在我看来，发福也是在所难免的事情。话虽如此，但每当看到体重秤上奇高的数字，我都会深受打击，然后取下电池，安慰自己：肯定是秤坏了。

我意识到这样下去不是办法。朋友向我推荐了一个免费的健身视频。

"我看过很多教程，发现这个最简单易懂，而且非常有趣，应该会有效果。"

我打开来看了看。嗯，一个面容清秀、肌肉匀称的帅哥正在分享如何利用椅子、塑料瓶等家庭常见的用品进行锻炼。起初我怀疑朋友别有用心：这家伙只是看上了人家的身材和长相吧？但看完后发现，内容确实实用。他会详细讲解每个动作锻炼的部位，练习时要注意哪里比较有效果等等，而且会同步做示范，连我这个健身小白都能很快听懂。

我决定赶紧试试。

视频里的帅哥能跟着音乐轻松地跳五分钟以上。但我不行，两分钟我就筋疲力尽了。里面有借助椅子做拉伸和下蹲的动作，帅哥说要重复做十组，结果我刚做两组，全身的肌肉（好像不能称之为肌肉）便开始剧烈颤抖，最后我整个人狼狈地趴在了地板上。

我连忙发消息问朋友："感觉这套锻炼方法有生命危险啊，我坚持不下来……有没有适合新手的教程？"

朋友回消息说："欸？这是最初级的视频了！看来你真的严重缺乏锻炼呀。每天坚持一会儿就行，加油！"

不知道高阶版的健身视频是怎样的，难度一定很高，练完得躺床上休息一整天吧？我不禁为健身领域的深奥和健身爱好者的坚忍感到震颤。在朋友的鼓励下，我继续跟着新手视频锻炼了起来。

我的动作没有视频里帅哥的动作那么标准（只是跟着音乐拼命跳跃）。借助椅子做拉伸和下蹲动作时也是如此，可能因为胳膊和腿长度不同，我的动作看起来很怪。而且我找不准角度，脚踝太僵硬，身体没办法弯曲太多（我极力支撑着自己的身体，浑身的肉在不停地颤抖）。

实在是太累了。我每天早晨都会鼓起勇气挑战，但每次都坚持不下来，练到一半便筋疲力尽地趴在了地板上。视频里的帅哥每次都会微笑着鼓励我："状态不错！""很好，继续加油！"我就像一只四脚朝天的昆虫，他竟然还这么温柔地鼓励我……而且还轻盈地做着动作，气息平稳地为我做示范……

这位帅哥能拥有如此健硕的身材，一定跟平日的努力和自律脱不开关系吧。而且，他还慷慨地向昆虫（我）传授简单易懂的锻炼方法（毕竟是免费视频），并时不时夸赞几句，以免昆虫失去动力。他是活菩萨吗？我拖着筋疲力尽的身体，下意识地双手合十。我抬头看了看电脑屏幕，这时帅哥继续鼓励半途而废的我说："马上结束，一起加油吧！"他肌肉线条分明，像一个长相俊秀的活菩萨……

我猛地站起来，对帅哥说："谢谢你，我会加油的！"接着把视频返回到刚才中断的位置，继续练了起来。

现在我每次跟着音乐练习跳跃，都会经历"三分钟→躺平→感谢→一分半→躺平→感谢→两分钟"的过程。借助椅子做拉伸和下蹲练习时，又会经历"五组→躺平→感谢→五组"的过程，但好歹能跟着做完。不过，这样断断续续地练习有效果吗？

不管怎样，每当我怀着感激的心情站起来时，我都会暗暗告诉自己：我也要像朋友和帅哥那样，自己努力的同时，心怀善意地鼓励并引导他人。每每想到这里，我都感觉仿佛有一阵清风拂过胸口，连锻炼都变得更有干劲了。

非一朝一夕之功

　　我在一位发型师那做了十多年发型。他不仅技术高超，而且非常善于察觉顾客内心的微妙变化。当我不希望被打扰时，他会全程保持沉默。当他感觉到我想聊天时，便会积极地抛来各种话题。我依然清晰地记得上次的聊天内容。

　　换句话说，他不仅是一名出色的发型师，更是一个堪称完美的人。他为我做了那么久的头发，却从来没有在我面前表露过极端情绪，世界上真有这么完美的人吗？我感到十分不可思议，每次都暗暗观察他的言行，最后被迫得出结论：他确实是个情绪稳定的人。也是，这世上能有几个人比我还暴躁。

　　但有一次，我隐约感觉到了他情绪上的波动。

　　某天，发型师像往常一样在店里忙碌，外面突然传来一阵嘈杂声。我好奇地透过窗户往外看了看。不知出于何种事由，一位知名的摔跤手出现在了小商业街的主道上，看到的人纷纷小声议论："那不是××先生吗？"

发型师从初中时代起便十分喜欢这位摔跤手，这次意外见到本尊，他难以置信地揉了揉眼睛，确认不是做梦也不是幻觉后，他对正在烫头发的顾客说："抱歉，我有一件极其重要的人生大事需要处理，请等我五分钟，不对，三分钟。"然后冲出了店铺。

"哦哦，然后你要到签名了吗？"我问道。

"没有，因为太突然了，我没有任何准备……我只是跟他握了握手，告诉他，我是他的铁杆粉丝！"发型师眼眶湿润地说，"他的手特别有力量。我真的太激动了，一整天脚下都是轻飘飘的。"

"当时烫头发的顾客有没有说什么？"

"她当时坐着，看不到外面，并不知道我激动地冲去见了那位摔跤手。我心满意足地回到店里，跟她说'托您的福，我把要紧事办完了'。她没有多问，于是我又继续为她烫起了头发。"

"但你当时脚下还是轻飘飘的吧。"

"是啊，轻飘飘的，像是踩在云上给顾客烫头发。"

这样真的没事吗？不过他技术高超，即便是踩在云朵上，做出来的发型也不会太差。竟然慌张地丢下客人去跟摔跤手握手，看来他真的很痴迷摔跤。他很少有极端的情绪起伏，但一谈到摔跤，他就像变了个人似的。看来他也是普通人呢。看到他这一面，我也稍稍安下心来。要是我在路上碰到自己喜欢的艺人，我肯定会放下工作去跟踪他（这是跟踪狂吧）。

我和发型师的共同话题是"街边的荞麦面店"，我们时常分享附近好吃的店铺。现在有很多有特色的荞麦面店，店里每天会注明荞麦面的产地，面汤带有浓郁的鲣鱼香味，餐具和店铺内部装饰也十分前卫。但我和发型师时常光顾的那家荞麦面店气氛更轻松，多年来颇受附近居民喜爱。

那家店从不标注荞麦面的产地，面汤和酱料味道格外浓郁，像是用瓶装调料加水兑成的。柱子和椅子上的坐垫经过岁月的洗礼，早已变了颜色。时常能看到老大爷在店里边嚼着酱黄瓜，边喝着小酒。但在这里十分放松，我喜欢这种充满市井气息的荞麦面店。

发型师很少说别人坏话，但聊起荞麦面店时，他竟然说："很多新潮的荞麦面店里会播放爵士乐，真是不伦不类。荞麦面店放什么爵士乐，应该播放 NHK[①] 的日本国会直播或者相扑比赛直播。"

"呵呵，确实，明明没人会看，街边那些荞麦面店却总是把电视调到 NHK 频道。"

但出于店主年事已高等原因，我们最爱的街边荞麦面店正在陆续关门。我和发型师只能无奈地叹声气，继续分享有关店铺的消息，比如哪家店由店主的后代接手了等等。

时尚店铺（不只是荞麦面店）可以从一开始便树立起"时尚"的形象。但街边的荞麦面店可以随着时间的推移，变得越来越有生活气息。没有哪家荞麦面店一开始坐垫就是变色的。然而这些珍贵的休憩场所正在逐渐消失，想来真是伤感。

街边荞麦面店的卫生间十分破旧，但打扫得非常干净，里面还摆放着一朵小花。虽然是人造花，但我依然觉得很美。因为它不仅能让附近居民的胃口和心灵同时得到满足，还能从中感受到店主不做作、不矫情、每天踏实经营店铺的态度吧。

---

① NHK（Japan Broadcasting Corporation，日本广播协会）是日本第一家覆盖全国的广播电台及电视台。

独爱蜗牛

　　我曾在"小小的入侵者"一节中分享过我与蚂蚁斗智斗勇的故事，但跟我交过手的不只有蚂蚁，还有蛞蝓。

　　蛞蝓一般很少进入室内。但一到雨季，它们就会在阳台上留下侦察的痕迹。它们每爬过一个地方，便会留下亮晶晶的黏液……虽然有时候色彩斑斓的，还挺好看，但每当看到这种痕迹，我都会尖叫着跑到阳台上检查我的盆栽。

　　好不容易长出来的草莓被啃了个洞。不对，等等，说不定不是蛞蝓咬的，而是鸟儿干的。我安下心来，移动盆栽，仔细翻动叶子检查起来。

　　果不其然，那些家伙就在那里。描写起来可能会有点可怕，胖胖软软的蛞蝓正趴在叶子和盆栽的背阴处！我当即吓得尖叫了起来。可我又不想用盐把它们弄死，只好拿双一次性筷子，把它们夹进了纸袋里。然后冲出玄关，走下楼梯（我家在二楼），直奔屋外的篱笆。我用一次性筷子从纸袋里夹起蛞蝓，把它们放在了篱笆根底部。

对于蛞蝓的入侵，我并非毫无对策。我试着在阳台排水沟旁撒了一排盐（有点像在布阵），但还是没办法阻止蛞蝓入侵。那些家伙似乎会沿着房屋的外墙爬上来。也就是说，即便我把它们放到篱笆根底部，也只是短暂地拖延时间而已。等过两天，它们又会出现在我家阳台上，把我吓一大跳，然后我又把它们夹走，反复如此。

　　但我不忍心杀死它们，倒不是因为它们可爱。我非常怕蛞蝓，甚至都没有勇气直视它们。每当用筷子夹起它们柔软的身体，我都会吓得连连尖叫。

　　当然，我也有很多次想去网上查驱退蛞蝓的方法，但检索的时候肯定会出现蛞蝓的图片吧，我可不想看到那个。所以，我依然不知道如何从根本上解决这个问题，只能采取最原始的方法，用筷子把它们一只一只夹起来，放到远点的地方。但要不了多久，那些蛞蝓又会从篱笆附近不辞辛劳地爬到我家阳台上，简直没完没了。让我不禁想起了西西弗斯的神话①，或是赛之河原堆石头的苦行②。

　　我现在仍不熟悉蛞蝓的习性（不敢上网查），但通过观察黏液的路线，我发现它们似乎很喜欢阴暗潮湿的地方。于是我把盆栽放到了一个双层的塑料置物架上，避免花盆与阳台直接接触。不仅如此，我还会勤快地清理盆栽掉落的枯叶，不时修剪枝叶。尤其到了梅雨季节，我会尽量不让植物长得太茂盛。那时候植物会长出很多新芽，再过段时间就是植物猛长的季节，我也不想在那时候修剪枝叶，可这也是没

---

① 西西弗斯是希腊神话中的人物，因为触犯了众神，诸神为了惩罚西西弗斯，便要求他把一块巨石推上山顶，而由于那巨石太重了，每每未上山顶就又滚下山去，前功尽弃，于是他就不断重复、永无止境地做这件事。

② 赛之河原是日本传说中一条横在冥河前的河川，传言小孩子要是比父母早死，就必须得负起不孝的罪名，在赛之河原永无止境地堆石头。

办法的事情。

在我的努力下，终于一定程度上防止了蛞蝓附着在植物上。虽然每天早晨醒来时，阳台上依然会留下那些家伙爬行的痕迹，但好在盆栽没有受到影响。可能因为一番折腾后没有任何收获，于是趁着夜里溜走了吧。

很好。虽然它们几乎每天都来侦察，工作认真而又自律。但我对栽培植物的热情和执着显然要更胜一筹。总算和平地取得了胜利。

某天，就在我独自高喊胜利的战斗口号时，气温骤然下降。这是梅雨带来的气候现象，冰冷的雨淅淅沥沥地下个不停。我走到阳台，端起因为置物架位置不够被直接放在阳台上的盆栽。想着把它移到不会被风直接吹到的地方，稍微避避寒。

果然凡事不能大意，我刚端起盆栽，便发现底下的托盘上趴着几只蛞蝓。我本想大声尖叫，眼睛却不由自主地看向了托盘。上面有两只蛞蝓，它们缩成一团，友好地依偎在一起。可能没料到天气突然变这么冷，为了避寒，只好一起钻进了盆栽底下吧。

不过，"友好"只是我的主观猜想。这两只相互依偎的蛞蝓看起来十分强壮，也许蛞蝓也有自己的圈子和生存方式吧。但这两只确实看起来十分要好。我初次从蛞蝓身上感受到了美与爱。幸好没有残忍地杀死它们，我在心底暗暗松了口气。

但是，我不敢移动那个盆栽托盘（绝对做不到，要是移动的时候，蛞蝓从盘子里跳出来怎么办？光是想象都足以把我吓晕），我只好把盆栽轻轻放回原位。

过了几天，我战战兢兢地端起花盆看了看，发现那两只避雨的蛞蝓已经不见踪影。起初我还担心它们会把这里当成自己家，这下终于放心了。

我不清楚蛞蝓的习性，有时会冒出一些惊人的猜想，比如：也许蛞蝓是通过并排贴在一起的方式繁殖……所以我目睹了它们之间的私密行为……不过，好在我打断了它们，目前阳台上的蛞蝓数量没有明显增长，一切还算平稳。

　　如今，我依然会时不时地想起那两只蛞蝓（即便我很不愿想起）。在冰冷的雨天，两小只幸福地依偎在一起。

　　附言：蛞蝓也参战了，这局面像极了群雄割据的春秋战国时代。为什么这么喜欢来我家？我真想当面质问那些虫子。

对时尚房间的向往

我一个独居的朋友准备搬家，我也在帮她找房子。说是帮忙，其实也只是在睡觉前拿出手机，根据大致的预算和要求，在网上搜索房源而已。

不过，我也不知道朋友（女性）提出的"租房条件"究竟是宽松还是严苛。

我问她："最好离车站近一点对吧？"结果她含糊其词地回答："能近一点当然最好啦，不过远一点也没关系。"接着，她发来消息问："这个房子怎么样？"我点开看了看，那个房间位于公寓一楼，正面是一条狭窄拥挤的街道。仔细一看，窗户玻璃还带有裂纹，上面贴着修补用的胶带。

"肯定不行啊！出于安全考虑，最好选择二楼以上的房间。中介应该是临时上传的照片吧，但好歹要把窗户玻璃换一下呀。"

"但是里面的收纳空间非常大！（兴冲冲）"

没错，朋友完全不在乎房子的建造年份、到车站的距离、是否安全等等，她只对"收纳空间"异常挑剔。我给她发了一张带有两个大橱柜的房子图片，结果她犹豫不决地说："这点收纳空间可能不够。"

我的朋友为何会如此在意收纳空间呢？因为她喜欢漫画和衣服，家里存放着大量的藏品。大量是多少呢？假设有一个六榻榻米大小的房间，如果在四面墙边分别摆放一个高至天花板的书架，她的藏品不仅能把四个书架填满，剩余的放在地上摞起来，至少可以堆到及腰的位置。我没有见过朋友的衣橱，不清楚她到底有多少衣服。不过她平时穿衣几乎不重样，想必衣服的数量也同样多到惊人吧。

或许你会觉得"这很夸张"，但御宅族大多如此。我家里的漫画也同样多到无处存放，我可没脸建议说："不如趁这次搬家，稍微扔掉一些吧……"

所以，朋友找房子成了一件难事。慢慢地，她也觉得累了，向我抱怨说："每当看到室内设计类的杂志和分享房间收纳方法的 YouTube 视频时，我都会莫名地感到火大。他竟然说把书放在抽屉里？"

"书怎么能放抽屉里！"

"就是，还说什么'上衣有这五件就够'。"

"我冬天喜欢穿暖和点的衣服！这个冬天的保暖家居服没办法放进衣柜里，于是我就叠起来，放在了沙发下。省得拿出拿进，反倒更方便了！"

"确实。但这样的话，房间永远时尚不起来……"

"拜托你别再看那些室内设计杂志还有收纳视频了，"我劝道，"东西少的房间看起来确实清爽，住起来也更舒适。但是，不是我为自己找台阶下啊，我总觉得这是狄更斯和陀思妥耶夫斯基的小说里才会出现的房间。"

"嗯，比如只有一张桌子、一把椅子和一张床的房间。"

"没错，然后还有老鼠钻进房间偷吃黑麦面包。"

"才不是！时尚的房间里怎么可能有老鼠！"

"嗯，虽然完全不是那么回事，但不这么想的话，我的心里没办法平衡。我觉得住在时尚房间里的人属于'时尚宅'。虽然都是御宅族，但流派各不一样。他们必须要把房间收拾得井井有条才能安心。而我们属于'漫画宅''衣服宅'，不收集漫画和衣服就会感到不安。我们和他们可以做到尊重彼此的信念，但绝对没办法融为一体！"

"谢谢你告诉我这个遗憾的消息，"朋友叹着气说，"意思是，不管我们怎么努力，这辈子都不可能住上时尚的房间？"

"虽然很残酷，但这是事实。看到一个堆满漫画和衣服的房间，你会怎么想？"

"我会觉得很壮观，然后会非常激动，会觉得无比幸福。"

"对吧？我们的房间就是这样的呀。"

"紫苑，接下来我要找一个像仓库一样能收纳很多东西的房间，你要帮我哦。只要能放下足够多的东西，哪怕是一个会有老鼠进来偷吃黑麦面包的阴暗房间，我都不介意。"

"没问题！"

当然，我也会羡慕那些时尚清爽、没有老鼠进出的房间。但很多时候，美和幸福无法共存。对我和朋友来说，即便房间不够漂亮，我们也一样会感到幸福。而我也由此深刻地认识到了人的思想与价值观的多样性。

附言：说到找房子，我基本没帮上什么忙。因为后来我迷上了"寻找名字有趣的公寓"。但这里不方便分享真名，只能用化名代替，比如"龟御殿公寓"之类的。

我跟朋友分享了"龟御殿公寓"的信息，她回信说："我听房产中介说，那公寓时常出现灵异事件"。后来她又补充说："虽然有点破，但租金便宜，离车站很近，还有很多收纳空间，下次去看看吧。"我极力制止了她。总不能为了收纳空间跟幽灵住一起吧。连房产中介都特意提醒那房子有负面传闻，就算没有通灵体质，一般人也会选择避开吧。

　　就这样，虽然中途发生了很多小插曲，但在朋友的努力下，她终于顺利搬进了一处没有闹鬼传闻的新房里。但时隔半年，她还没搬完自己的东西，听说她把漫画塞在了一个临时租来的仓库里。

　　她还说要另外租一个地方存放漫画。看来要找到能满足朋友收纳需求的房子，几乎是不可能的事情。要么选择收纳空间足够但会出现灵异事件的房子，要么选择安全但收纳空间不足的房子，简直是极限二选一。

啰唆的天气预报

　　最近很少看到有孩子在路边玩耍。当然，路边车多，容易发生危险，还是去公园玩比较安全。

　　我小时候时常去马路上玩。我喜欢用蜡石在地上涂鸦，或者画一连串的圆圈，跟小朋友一起玩单腿跳的游戏。或是在中间画一条线，一起玩攻城游戏。当时战争已经结束三十多年，但我家附近很少有车辆来往。我们时常拿着做衣服用的弹力绳，光明正大地横在马路中间，一起玩跳皮筋的游戏。那时候的日子无比悠闲。

　　现在的孩子基本都不会在路上玩耍，那也就意味着，我们小时候的各种跳皮筋技能以及跳皮筋时唱的那些歌基本都失传了吧。跳皮筋的玩法很难用语言解释清楚，只有通过反复练习，才能真正掌握，所以要传承下来十分困难。我对小时候跳皮筋的记忆已经变得模糊。难道跳皮筋注定会成为"梦幻中的游戏"，逐渐消失在时间的长河中吗……想到这里，我突然有些伤感。

　　在路上玩久了，准备回家的时候，我们会把鞋子踢到空中，借此占卜"明天的天气"。从脚上脱落的鞋子会滚落到地上，如果鞋面朝下，表示明天会下雨。如果鞋面朝向一边，表示明天是阴天。如果鞋面朝向正上方，表示明天是晴天。古时候人们都是用木屐占卜，换成鞋子的话，鞋面一般很少会朝向一边，所以占卜结果大多是"晴天"或者"雨天"。至于准确度如何，我已经记不清了，只记得每次玩累回家的时候，都会乐此不疲地用鞋子占卜天气。

相比那时候，现在的天气预报准确度提升了许多。兴许是受全球变暖的影响，世界各地出现了无法用常识预测的极端天气，比如突发性的暴雨等，这时候不得不感谢天气播报员的辛劳付出。通过观看天气预报，我们不仅能知道"天气和气温"，还可以了解"花粉信息""樱花开放的预测信息""明天适合穿什么衣服"以及"是否适合洗衣服"等等。

但是，偷偷说一句，我每次看到那些多余的信息都觉得很恼火，甚至偶尔会独自一人冲着电视大吼："穿什么衣服我自己会判断！""就算明天天气晴朗，适合洗衣服，我也不想做家务！不用你们管！"我这人真是心胸狭窄，想想有点丢人。

但是，播报"详细的天气预报和穿衣、洗衣服的建议"什么的，对气象频道和天气预报员的要求也太高了吧，不觉得很过分吗？（可能危及市民安全的台风信息之类的当然有必要播报）对详细信息的渴望背后其实隐藏着"我绝对不想被雨淋湿，衣服一定要晒干＝不接受任何失败，只想过高效率生活"的心态。

当然，谁也不想经历失败。每天那么忙，我可不想冷到感冒，或是哪天衣服没晒干。我只想过顺利舒适的生活。所以，虽然"气象频道"提供的信息越来越细致，但我却从中领会到了"绝对不允许你失败拖后腿！""尽可能把效率最大化！"的弦外之音，顿时心头感到懊恼和窝火。

对我来说，就算没带伞，淋雨回家也没关系。衣服这东西，两星期洗一次就够了。我从来不在乎天气，只想穿自己喜欢的衣服，只想在心情好的时候清洗衣物。我虽然有花粉症，但我乐意吸一鼻子花粉。除了我自己，谁也没资格对我指手画脚。不管"气象频道"给出多么恳切的建议，都无法阻止我自由奔跑的灵魂！

但是，不听劝的后果就是，家里的衣服时常干不透。为了抵御寒冷，防止被淋湿，我只好在回家路上到便利店购买雨衣。在当下那会儿，我会懊恼地心想：早知道如此，应该听天气预报的。但过阵子又会忘了这事，几天后，我又会边看天气预报边冲着电视屏幕大喊："管太多了吧！休想束缚我的行为和灵魂！"冷静点，"气象频道"可没想过要束缚我，人家只是好意提醒。我要好好反省。

我回想起小时候，明明占卜天气的时候是鞋面朝下，我却对朋友说："明天天晴哦。"那占卜还有什么意义。不过，乐观地过一辈子也是个不错的选择。即便遭遇了挫折和失败，也不必有任何畏惧。

第二天不管是晴天还是雨天，我都不会忘记与朋友一起看过的绚丽晚霞。

附言：校对老师在校稿时指出：我在第二章里提到"家里没有电视"，这里却说，在看天气预报的时候冲着电视大吼，这岂不是前后矛盾？校对老师简直是名侦探。我解释一下，我确实有很长一段时间（七八年？）没用电视，第二章的部分随笔就是那时候写的。我倒不是穷到电视也买不起，其实那时候我有一台显像管电视（好怀念），但因为住的地方信号不好，那台电视没办法用。现在终于换成了液晶电视。多亏了它，每当出强风预警的时候，我都会提前转移阳台上的盆栽。真是感谢天气预报。

香味的美妙

大家平时会用沐浴盐吗？

我母亲是敏感肌，每次除草或是使用厨房洗涤剂后，手上都会起疹子。一旦使用不适合自身肤质的沐浴露，就会全身起疹子。母亲觉得这样去看医生很难为情，所以，跟她一起生活期间，我洗澡从来没用过沐浴盐。只有在端午节和冬至的时候，会往洗澡水里放点菖蒲叶和柚子。

我小时候市面的沐浴盐种类不多，不像现在，有泡沫浴盐、让人由内而外感到温暖的锗浴盐（我也不清楚锗究竟是一种怎样的物质）等等。质地也各不相同，有液体状、固体状等等。而且有些固体浴盐溶解后会变成可爱的动物形状或是花瓣形状漂浮在水面。

我的皮肤很结实，最近越来越多沐浴盐追求天然成分和"养肤效果"。独居的这二十多年里，我尽情地尝试过各式各样的沐浴盐。因为不常出门，我不会每天洗澡。所以偶尔的沐浴时间对我来说十分珍贵。为了尽情地享受沐浴时间，我会撒上沐浴盐，在热水里泡上两个小时。这期间，我会阅读杂志，或是用放在防水袋里的 iPad 看电影，尽情放松身心。当然，我会根据心情把茶、可乐、咖啡等饮料带入浴室，以便出汗后补充水分。

看文字或视频累了后，我会悠闲地欣赏摆在浴室里的圣诞花。本章前面提到过，因为我发现家里浴室的环境最适合圣诞花生长，于是把它们挪到了浴室的地板上。可能因为我照料不周，圣诞花的叶子有时会完全脱落，只剩下光秃秃的树枝。这个时期的圣诞树没办法缓解眼部疲劳，但我还是会躺在浴缸里，呆呆地看着它们。

慵懒地躺在浴缸里感觉无比幸福。我最近喜欢用朋友推荐给我的"羊奶液体沐浴盐"，放进去后，洗澡水会变成乳白色。香甜的气味让人心旷神怡，洗完后皮肤也会变得特别滑嫩。嗯，真不错……浴室虽然很小，我却有种化身好莱坞知名女星的错觉。

但是，每天用市面的成品沐浴盐也太无趣了吧。可能因为我的一些个人癖好，或是以前节省惯了，明明沐浴盐没必要追求什么趣味性，我却喜欢在春天来临的时候，去路边采摘艾叶，洗干净后放到沥水网中，丢进热水里。用力搓一搓艾叶会散发出淡淡的清香，但可能因为是从路边摘来的，加上沥水网有些煞风景，我怎么也营造不出那种美好的感觉。

有一次，家里装饰的玫瑰花凋谢了，于是我把花瓣收集起来，丢进了浴缸里。视觉上确实华丽了许多，但躺在浴缸里的毕竟不是好莱坞知名女星，而是我，这多少会让人感到有些不自在。而且，虽然花瓣不多，但最后清理起来还是有些麻烦。

经过各种尝试后，我发现沐浴盐最重要的是"香味"。随着水蒸气缓缓升起的甘甜香气可以让身心得到放松，还可以让人体验一把当知名女演员的感觉。玫瑰花瓣虽美，但不会散发出盛开时的芳香，很难营造出那种身临其境的感觉，甚至会让人尴尬地想：我这是在做什么，我又不是什么好莱坞知名女星……

从这点来看，过去想出在浴缸里放柚子的人简直是天才。我试过往洗澡水里放一个干瘪的橘子，但还是比不上柚子的香味。柚子的香气能让人打心底感到温暖。而且会勾起人的食欲，让人莫名地想吃火锅。今年冬至也泡一次柚子澡吧，突然有点期待。

我还有一个疑问，为什么人们很少用"美妙"来形容香味呢？而对于视觉和感觉上的东西，他们却会用"美妙"二字来赞美，实在有些难以理解。是因为感受可以通过言行来表达，而香味不管走到哪都看不到，所以不能用这个词来形容吗？

但我还是觉得"香味特别美妙"，每当用沐浴盐泡完澡，身心得到放松后，我都会这么认为。

被迫放弃的空中战

到目前为止，我已经分享过与潜入家中的蚂蚁以及躲在阳台盆栽下的蛞蝓斗智斗勇的故事。我是个懂得汲取教训的人。现在每当临近梅雨季节，我都会提前采取措施，阻止它们入侵。说具体点就是在窗外撒除驱除蚂蚁用的药粉，以及在阳台的角落里放防治害虫的毒饵。

毒饵放在一个小盒子里，我偶尔会检查里面，但都没有发现被偷食的痕迹。我倍感疑惑，难道是它们没发现这里有好吃的？即便梅雨季节结束，进入夏天后，我家也依然没有再出现特别多的蚂蚁和蛞蝓。当然，有时也会在阳台上看到它们的身影，但也只是一两只。兴许是派来的侦察兵吧。闻到危险的气味后，它们便警惕地顺着外墙，迅速爬回了地面。也许这就叫有备无患吧。看来我事先布下的防御线发挥作用了。

我也想大喊：我军大获全胜！但无奈的是，自开春以来，我备受新敌困扰。这次的敌人不是昆虫，而是鸟。我在阳台上放了草莓盆栽，以前也有结果后被蛞蝓啃食的前例。但残害盆栽果实的不只有蛞蝓，还有乌鸦和栗耳鹎。

昆虫已经基本被我击退，但鸟可以从空中发起进攻，我不知该如何应对。就在我感到不知所措的时候，越来越多的鸟儿开始袭击我的阳台。

起因是那盆菲油果，这是一种桃金娘科常绿小乔木，源自南美洲，会开出可爱的红色花朵。我想着可以用来观赏，于是买了一盆稍大的菲油果放在阳台上。它也没有让我失望，一到温暖的季节，便会开出许多小花。

因为这个，阳台一大早便会传来嘈杂的鸟叫声。好吵啊，我揉着惺忪的睡眼起床，走到阳台一看，发现两只栗耳鹎正在啄菲油果花。嘿！我慌忙大喊一声，赶走了它们。

但第二天早晨，我又被鸟儿们的合唱声吵醒。阳台来了五只灰椋鸟，正在品尝菲油果花的味道。即便我大吼一声把它们赶走，要不了多久又会回来。就算五分钟内驱赶五次，它们也会趁机回来啄食盆栽里的菲油果花，可能是把阳台当成食堂了吧。灰椋鸟吃饱喝足离开后（吃霸王餐），灰喜鹊又闻声赶了过来。

鸟儿们似乎对菲油果花情有独钟。有这么好吃吗？我也好奇地拿起一片花瓣尝了尝，味道微甜。难怪我家阳台会变成鸟儿们的食堂。算了，让它们吃吧。说不定鸟儿啄食可以帮助菲油果授粉。

但最后并没有结果。菲油果自花授粉无法结果，必须还要有一株不同品种的菲油果才行。花被吃了，还没结果，亏大了！

就在鸟儿们菲油果食堂吃得正欢的时候，我家小区里还在展开另一场战斗。小区里种了一棵蓝莓树，上面结了许多果实。每当路过的时候，我都忍不住想尝尝上面的果实。今年也是，每当路过那棵树，我都会想：不知道果子熟了没。

后来，邻居老太太告诉我，有一群大型鹦鹉（好像完全变成野生的了）每天早晨来小区吃那棵树上的果实。原来蓝莓不是没熟，而是熟了的都被鹦鹉吃掉了。起初，老太太见到会大喝一声，试图将它们赶走，但那群鹦鹉依然有恃无恐，后来老太太也就懒得再驱赶。我在散步的时候，也曾见过那群鹦鹉，它们有着红色的喙、亮蓝色的尾巴，身体其他部位都是清一色的绿色，十分美丽。但实在太能吃，连人类都拿它们没办法。

我没办法阻止鸟群的攻击，只能盼着这个季节快点过去……

到了秋天，没了可以啄食的花和果实，我家阳台和小区终于恢复了平静（只是附近的柿子可能要遭殃了）。突然安静下来，我竟然还有些不习惯。我发现自己很喜欢观察鸟。比如站在电线上，不停相互梳理羽毛的乌鸦；在空中不住啼叫，一停到树枝上便安静下来的灰椋鸟；可能是从恐龙时代幸存下来，有着华丽的灰蓝色尾巴，在空中滑翔的灰喜鹊。虽然它们食欲旺盛、行事大胆，但我依然觉得，鸟儿是一种美丽而可爱的生物。

附言：连鸟儿都参战了，战场瞬间扩大到了三维空间。我的立体空间感本来就差，这下更是束手无策了，只得手足无措地看着它们在阳台上撒欢。一只鸽子掠过我身旁，停在了菲油果的树枝上。喂，你在鸟类里算胖的吧，能不能别站在我的植物上（菲油果的树枝很细，容易折断）。

这次能成功驱退蚂蚁，其实多亏了园艺师。某天，园艺师正在修剪小区的一棵树，突然，他"哇"地惊呼了一声。我感到有些好奇，从窗户探出头看了看，发现他正蹲在我家阳台下面，看着靠近房屋外墙的地面。观察了一会儿后，他从卡车的后斗上取下一瓶杀虫剂，用喷嘴对准地面，二话不说喷了起来。

等园艺师离开后，我路过的时候，下意识地朝那边看了一眼，发现茂盛的草丛已被清理干净，地面也被仔细地踩实了。莫非蚂蚁的巢穴就在这里？

正如我猜测的那样，自那以后，我家再也没出现过蚂蚁大军。虽然阳台上偶尔会出现几只，但也从来不会越过防线进入室内。感谢园艺师先生！感谢研发杀虫剂、驱蚁粉和毒饵的公司！

但是，我发现有几只蚂蚁在园艺师的猎杀下幸存了下来。现在有几只，过阵子就会变成几百只，这是昆虫界的常识（大概）。那些家伙肯定在努力繁殖子孙，偷偷重建自己的营地吧。

在哪里？这次的巢穴会在哪里？正当我盯着地面仔细搜寻，一只栗耳鹎趁机飞过来，把菲油果花搅得七零八落。

我受够了，根本斗不过它们。早晚有一天，我家会被虫子和鸟儿占领。

清一色的板寸头

　　我缺乏空间感，所以前面也提到过，我没办法把西瓜和蔬菜切成自己想要的形状。原本想把洋葱切成月牙形，结果因为弄错纤维的走向，最后全部散成了碎片。我真是人形食物粉碎机。

　　酸橘之类的小柑橘类水果对我来说也是个难题。我一般会把它们放进冰箱保存，但因为结霜，我有时找不到果蒂在哪（可能受老花眼影响）。只能凭直觉猜测，然后用菜刀把冻得僵硬的酸橘切开。我本想从正中间拦腰切开，谁知最后却顺着橘瓣的方向切成了两半，根本没办法榨汁。无奈之下，我只好揉搓酸橘，把汁液挤进菜里。早知道这样，我还用什么菜刀。干脆等酸橘解冻后，直接用手挤不就好了。简直是原始人的做菜方式，呵呵。

　　但是，缺乏空间感对日常生活并没有太大影响。一般蔬菜都要切碎（或者压碎），可一旦进入肚子，形状什么的就都不重要了，只要好吃就行了。我原先一直这么认为……直到这次，我终于体会到了空间感差的弊端——修剪植物的技术堪忧。

我家玄关前有一盆光蜡树，上面长着许多小小的绿叶，非常可爱。这是一种常青树，一年四季郁郁葱葱，看起来赏心悦目。而且这种植物十分顽强，冬天放在室外也丝毫不用担心。真是令人省心的孩子。于是我放心地把看门的任务交给了光蜡树。但是某一天，我发现了一件事情！

总觉得玄关进出越来越困难了……

因为光蜡树长势喜人，不知不觉间长大了许多。它的枝叶变得格外茂盛，挡住了门口的通道。每次进出玄关的时候，都十分头疼。

于是我连忙去网上搜索光蜡树的修剪方法，结果网上说：光蜡树可以在任何季节修剪，修剪部位也没有特别的讲究。光蜡树的生命力也太顽强了吧。算了，既然这样，那我也没什么好担心的。于是我拿起剪刀，修剪起这棵膨大了许多的光蜡树。

我先把靠近墙壁的树枝简短，顶部剪到我的手恰好能够到的高度……靠近主干的树枝也剪稀疏点吧，这样植物更容易接收到光照。但我想整体修得偏圆一些。

我一边修剪，一边变换角度观察。但因为缺乏立体感，我不知道究竟剪哪根树枝可以呈现出较圆的外形。哎呀，好奇怪呀！怎么在我的一顿操作下，这棵光蜡树变得这么难看了。

光蜡树的轮廓大约缩小到了原来的三分之二，像一个"头发蓬乱的门卫"。如果它是个男孩，肯定会抱怨说："开什么玩笑，老妈！这发型也太丢人了吧，我还怎么去学校！"然后气得离家出走。好在光蜡树没有照镜子的习惯。

我连忙打圆场说："啊，现在清爽多了哦，感觉看起来更精悍了。"然后快步走进了房间。

我也没办法形容光蜡树现在的发型，有点像"凌乱的板寸头"？

真是抱歉啊，光蜡树。

我甚至有点担心，它会不会因为修剪过度而枯萎。但过了一阵子，树枝末端又长出了许多嫩嫩的绿芽。果、果然很顽强……那一刻的心情就像看到离家出走的逆子在电车上给老人让座，内心无比感动。

"真是个好孩子!"

我毫不吝啬地给予夸奖。后来，光蜡树顶着严寒长出了许多新的枝条，像是在说："老妈，不用夸我。赶紧把你那把剪刀收起来吧。今后我还是去店里理发好了。"

通过这次的事情，我认识到了园艺师的伟大。他们为什么能把篱笆之类的植物修建得长短一致、圆润美观呢？我偶尔还见到过被修建成动物形状的树，简直是神来之笔。切蔬菜这种事情对园艺师来说应该是小菜一碟吧。啊，这么说，应该也有厨师会用胡萝卜之类的做出凤凰的造型吧。大家的空间感都好强啊。

等天气转暖后，阳台的那株菲油果树也该修剪了。不同于光蜡树，菲油果树对修剪的位置十分讲究，难度较高。我现在会去YouTube上看修剪菲油果树的相关视频，每天在脑中练习。就是不知道我从二次元学来的知识能不能精准地运用到三次元上……心里十分没底。

我家阳台那株菲油果树正在寒风中不住摇曳，可能猜到自己会被剃成板寸头，正在瑟瑟发抖吧。

悲伤的百合花

　　我们小区里有一座栗耳鹎的墓。

　　一个夏日的清晨，我走出玄关，准备趁凉快去超市购物，不料在小区的路上遇到一只小鸟。我走上前，发现它正不住地啼叫，完全没有要飞走的意思。我感觉有些奇怪，蹲下来仔细看了看。那似乎是只雏鸟，体形与成鸟相近，看起来十分圆润，身上长满了绒毛。

　　这可不得了。我环顾四周，想看看它是不是从鸟巢里掉出来的，但附近树上没有发现疑似的鸟巢。总之，先把它保护起来吧。可我刚伸出手，它便慌乱地叫唤着，一头钻进了旁边的灌木丛里。雏鸟逃跑时背对着我，不过我还是注意到了，它的尾巴和左边的翅膀似乎受伤了……

　　虽然不确定它是否真的受伤，但直觉告诉我，必须要做点什么。我拿出手机，打开搜索引擎，在检索栏输入"发现掉落的栗耳鹎雏鸟该怎么做"。结果上面回答：不能随便保护野鸟，栗耳鹎雏鸟只是看起来像是不小心从鸟巢里掉了下来，其实很多时候鸟妈妈就在附近，鸟妈妈会边喂食边教它飞翔。有人在的话，鸟妈妈会不敢靠近。

竟、竟然是这样！太好了，幸好我动作迟钝，没有抓到那只雏鸟。我甚至忘了买东西的事情，匆忙回到家，在窗前悄悄地关注起灌木丛的动静。

说起来，以前也见过麻雀雏鸟在小区里走动，当时还担心发生了什么。后来发现麻雀妈妈会经常来喂食。到了第二天，那只雏鸟不见踪影，可能已经顺利学会了飞翔吧。这次的雏鸟应该也一样，只是匆忙离开了鸟巢，但暂时还不会飞而已。

我站在窗前观察了一会儿，发现那只雏鸟从灌木丛中钻出来，继续啼叫了起来。屋顶那边隐约传来鸟妈妈的回应声。

本以为可以安下心来，可后来不管我怎么等，鸟妈妈都没来喂食！雏鸟不仅没有要飞走的意思，连啼叫的声音也变得越来越小。这到底是怎么回事？它受伤了吗？

绝对不能坐视不管。我再次拿出手机，在检索页面输入"栗耳鹎找不到妈妈怎么办"。然后上面回答：如果雏鸟状态十分虚弱，可以喂点黄粉虫幼虫或者稀释后的运动饮料，以便紧急补充营养。

早说啊！可我身边没有幼虫，也没有事先备好运动饮料。算了，糖水应该也可以吧。我连忙用马克杯冲了点糖水。但转念一想，又怕水太凉吓到雏鸟。于是又放到微波炉里加热到接近人体皮肤（鸟的皮肤？）的温度。接着我又想起来，用马克杯喂雏鸟喝糖水不太现实（冷静点）。于是我用橡皮筋在一次性筷子的前端缠上一点纸巾，代替海绵和滴管使用。

我端着马克杯冲到小区的路上，却不见雏鸟的踪影。难道已经飞走了？我朝灌木丛里看了看，天哪……雏鸟倒在了那里，正喘着粗气。它的嘴巴不停地一张一合，还在试图呼唤鸟妈妈，只是已经发不出任何声音。

　　明明没过多久，怎么就变得这么虚弱了。早知道我应该早点抓点虫子什么的喂给它吃。我用绑有纸巾的一次性筷子蘸了点糖水，滴在了雏鸟的嘴里。但它似乎连喝水的力气都没有了，呼吸逐渐停止，圆溜溜的眼睛变得浑浊发白，像蒙上了一层膜。

　　雏鸟很快变得僵硬（可能因为体形小，死后僵硬的速度更快吧）。我伸出戴着军用手套的手，轻轻将它捧起，把它埋在了小区一个长满百合花（野生的）的角落里。雏鸟的尾巴和左翅像是骨折或是拉伤了。那天风很大，它可能是在练习飞翔的过程中不小心撞到了什么东西，或是被猫袭击了。

　　一想到它最后拼尽全力想要活下去的样子，我的心便隐隐作痛，后悔自己没能为它多做点什么。百合花开得正盛，悲伤的心情也得到了一丝慰藉。希望在地下安眠的雏鸟也是如此吧。

　　现在是冬天，百合花都枯萎了。但等到来年夏天，它们应该还会在坟墓旁绽放吧。希望那一天早点到来。现在每当我路过小区的那个角落，都会下意识地双手合十。

第二章 若是与你一同去旅行

难忘的客栈老板

　　我和朋友一起去伊豆住了几天。那是一家家庭经营的小客栈，介于民宿和旅馆之间。客栈面朝宁静的渔港与辽阔的太平洋，因此里面的招牌菜是新鲜的生鱼片。我和朋友都无比期待。

　　但客栈老板的性格有些古怪。他做事非常没耐心，基本不愿听别人讲话。我们办理入住后，他也没有对客栈做任何介绍。只是冷不丁地推荐说："我儿子今天弄了点伊势龙虾，晚餐要不要吃这个？"

　　老板儿子弄的……意思是捕的吗？本想问个究竟，但老板丝毫不给我们机会，继续滔滔不绝地介绍说："一只两千五百日元！两个人吃刚好。"

　　我和朋友刚好喜欢吃虾，于是答应了下来。

　　"明白了，那就点您儿子弄的伊势龙虾吧。"

　　顺便说下，去小镇经营的露天浴场时，老板还特意为我们准备了

竹皮屐 [①]。

"不行不行不行！机会难得，最好去体验一下温泉的氛围，穿竹皮屐去吧。"

朋友的袜子被强行脱了下来。见老板准备过来拽我的袜子，我慌忙张开自己的脚趾，解释说："我的袜子就是分指的，可以不用换。"老板这才罢休。我和朋友忍住想笑的冲动，暗暗心想：能感觉到老板是个善良好客的人，但还是希望他能稍微冷静下来，听听我们的想法。

我和朋友体验完舒适的露天浴池后，回到客栈，一边欣赏美丽的夕阳，一边坐在房间的窗台上聊天。客栈的空气中飘散着晚餐的香味。这时，老板从楼下的通道走了出来。

现在正是忙着做晚饭的时间，他这是要干吗……只见他陶醉地凝视着大海和夕阳，突然双手撑在护栏上，做起了俯卧撑。他这是闲的吗？我和朋友在窗边笑得前仰后合。做完俯卧撑后，老板又呆呆地欣赏了一会儿大海和夕阳，接着若无其事地回到了客栈。后来我听说，负责做饭的是他的妻子。果然是因为闲的……

晚餐会按时送进客房，当地特产的生鱼片入口即化，十分美味。其他菜也独具特色，无可挑剔。我和朋友尽情地吃着佳肴，品着当地酿的美酒。中途朋友去了趟厕所，她刚离开，房间的门突然"砰"的一声被推开。老板双手端着一盘龙虾刺身，擅自走进了房间。

我被吓了一跳，整个人从坐垫上弹起了足足有20厘米。老板没有理会我的反应，在房间内扫视一圈，问道："另一个孩子呢？"

"那个，她刚刚去厕所了……"

[①] 竹皮屐相传起源于16世纪日本，用草屐改造而成，便于在雨天和雪天时穿用。

"欸？该不会是大晚上一个人去看海了吧？"

老板果然从不听人讲话，他开始举着盘子焦急地在房间里徘徊。他儿子弄的龙虾非常新鲜，即使做成了菜，龙虾的胡须还在摆动。来回踱步的老板，不断摆动胡须的龙虾。这一幕太不真实了，我有些不知所措，连呼吸都变得有些困难。

"不是，那个，她是去厕所了，老板，您冷静点……"

我拼命想解释清楚状况，但又莫名地想笑，只得扭动身子，极力忍住。

这时，朋友从厕所回来，看到来回踱步的老板，扭动胡须的龙虾，以及强忍笑意的我，似乎明白了怎么回事。她神色微妙地坐到坐垫上，连忙打起了圆场。

"看来我走得不是时候呢，抱歉。这伊势龙虾看起来好好吃呀！"

老板终于放下心来。

"我还以为你一个人跑去看海了呢。你去哪了（都说了是去厕所了）。行了，赶紧吃吧！"

他说着，把伊势龙虾放到了桌上。"给你们选了一只价值三千日元的伊势龙虾。"

嗯？意思是免费为我们换了只大的？还是说，到时候我们要支付三千日元？但我和朋友也知道，就算问了也得不到答案。于是只好道了声谢，没有再多说什么。伊势龙虾真的非常美味。

那天刚好是满月，吃完晚饭后，我们特意关掉房间的灯光，在窗边喝起酒来。云层散开后，海面在月光下闪烁着银白色的光芒。月光特别亮，甚至都不用借助任何灯光。今晚的月色美得让人心醉。终于能理解为什么老板常年住在这里，却依然会陶醉地欣赏眼前的夕阳和大海。

退房的时候，消费明细上写着"伊势龙虾 两千五百日元"。老板站在门口微笑着目送我们离开。我们挥了挥手，笑着说："我们还会再来的。"

流转的旅途

　　我渐渐觉得，去想去的地方，来一场说走就走的旅行固然不错，但带着工作去旅行也同样不失乐趣。

　　如果根据自己的喜好和兴趣选择目的地，我多半会选择"温泉""遗迹""博物馆"之类的地方。但出于采访的需要，我时常会冷不丁地被丢在一个陌生的地方。我慢慢发现，遇见超脱自己认知的风景，邂逅形形色色的人，也同样是件有趣而刺激的事情。

　　大约二十年前，我出于工作需要去了一趟印度尼西亚的巴厘岛。我徒步穿越巴厘岛山林的过程被拍成了电视节目。我很少接受电视台的委托，因为我害怕坐飞机，出国对我来说是个难题。而且我是重度宅家爱好者，对爬山什么的完全没兴趣。但那次我却稀里糊涂地去了巴厘岛。

　　起初我的心情十分沉重，但好在节目制作人员和当地协调人员为人和善幽默，拍摄过程十分有趣。尤其是担任向导的萨斯米卡先生，他性格善良沉稳，跟我十分合拍。即便是没有摄像机跟拍的时候，他也会说个不停。我从萨斯米卡先生那里了解到了许多有关巴厘岛生活习俗的知识（萨斯米卡先生的日语十分流利）。

巴厘岛有很多印度教徒。这里的习俗跟日本有许多相似之处，可能因为巴厘岛是属于多神论文化区吧。比如田间的小路旁会设有印度教神明的小神龛和石像，附近的居民每天会来这里献上鲜花、点心之类的贡品。原来如此，跟日本的地藏菩萨像很像呢。

此外，攀登神圣的大山之前，人们必须拜访印度教寺庙，接受净化仪式。萨斯米卡先生满怀歉意地小声提醒说："女性在生理期间不能爬山……"原来还有这规定。我连忙回应说："没事，我理解。还有，萨斯米卡先生，您不必这么小心翼翼，没关系的。"但他还是用抱歉的语气解释道："这是以前的规定，说是女性在生理期间……"还是第一次见到有人这么尊重女性的生理期。

顺带一提，据说表演巴厘岛传统舞蹈的女性在生理期间也不能出演，因为那是一种向神明表达敬意的舞蹈。我并不觉得生理期是种"污秽"的存在，但也没想过要强硬地破坏他们的习俗，毕竟这是他们千百年来延续至今的文化。

我在巴厘岛待了大约两个星期。但大多时间都在爬山，根本没时间下海。不过，在萨斯米卡先生的带领下，我参观了寺庙，在他的协助下去市场买了东西，度过了一段十分愉快的旅途时光。

我们平时可能不会在意，其实日本也有"不能上山的日子"。那是某次做林业采访的时候，一些从事林业工作的男子告诉我的。据说那天是山神大人清点树木的日子，人（不论性别）绝对不能上山。如果违背规定，就会遭遇意外。现在他们依然对此深信不疑，所以每到那天，他们都会停工。

我还去三重县尾鹫市做过采访。那里的大叔都非常和蔼可亲，我们每晚都会聚在一起喝酒。这是哪门子采访……晚上愉快地喝醉后，我第二天还要拖着宿醉的身体去山上和木材市场。大叔们果然精神抖擞！一大早便默默地在山上开工了。

在山上工作时常伴随着危险，所以他们十分注重团队精神，在待客方面亦是如此。这就是为什么他们能风趣幽默、热情大度地迎接我们的到来。后来我依然会跟他们保持联络，他们来东京玩的时候，我们还会一起去喝酒（又喝酒……）。我去尾鹫旅游的时候，他们也会带我去河边、海边还有那智大社游玩。

尾鹫漫山的柏树无比苍郁，大海也十分富饶，时常能捕到鲜美的鱼。林业工作者白天要在山上劳作，傍晚会去海边的石崖上钓鱿鱼，或是乘船出海夜钓。他们每天穿梭于山间和海岸，仿佛学生时代的暑假永远不会结束。

当然，他们也时常去河边。尾鹫不仅有葱郁的山，还有清澈的河。某个夏日，大叔们带我去河里游泳，他们铆足力气抓了几条鲇鱼，在河边熟练地生火，把鱼穿起来架在火上，然后对我说："先去游泳吧，熟了再过来吃。"于是我走到了河边，可能因为平时太懒散，河边的石块把我的脚硌得生疼。大叔们建议说："你可以穿着人字拖下水，游泳的时候就把它们套在手上。等游到岸边，再把人字拖穿上。"好、好主意啊……我试了试他们说的方法，发现双手套上人字拖后，可以像水桨一样将水划开，游泳也变得更轻松了。不得不佩服大叔们的智慧。就这样，我从上游游下来后，又重新跑到上游，反复来回，玩得不亦乐乎。

不过，河里的水比泳池的水温度更低，水量和水流也不稳定，必须要小心。我游着游着，发现水量突然增加，一个在河边玩耍的小男孩（小学生）突然被水卷走，在水中挣扎起来。在附近游泳的一个大叔察觉到情况不妙，连忙抓住小男孩，把他从水里捞了起来。这运动神经也太发达了吧，我都要被迷住了。

游完泳后，大家一起在河边边吃烤鱼边喝啤酒。大叔们边大口地喝着啤酒，边感慨："长大就是好啊。""游完泳就得喝点酒才爽。"刚刚明明还像孩子一样在水里嬉闹（而且还顺便救了个孩子），这么快就忘了。总觉得，这段日子像天堂般美好。

像这样，出于工作的需要，我去了很多地方，遇见了许许多多的人和事。正因为不是自己安排的旅行，才更会有意想不到的际遇，才能与人有更深的交流。旅行原本就是去遇见意想不到的事情。踏上无法自己做决定的采访之旅，才更能体会到旅行的乐趣所在。

采访最重要的是采访对象是否方便，以及是否愿意配合。有时对方会以"我朋友比我更了解这些"为由，把我们带到意料之外的地方。有时会因为天气不好被迫中止采访等等。采访就像去河里玩耍，充满了不确定性。而旅行也因此变得刺激而有趣。

每结束一场旅行，我都会想：也许旅行就是为了去遇见一些人。旅途中当然不乏美丽的风景、庄严的寺庙等等，但仅有这些还不足以让我感动，旅途的记忆也不会那样深刻。更重要的是一起去看风景、去游览寺庙以及热情接待我们的人。因为喜欢上旅途中遇见的人，旅行才会变得印象深刻。然后才会产生继续去旅行的冲动。

接下来要去仙台和山形。虽然出于工作需要，我基本每年都会去一次，但我依然难掩兴奋，早已把工作的事情抛之脑后。因为可以见到之前认识的老朋友。我们以往都是冬天出发，这次能看到小镇夏天的面貌，我倍感期待。

山形的冬天积雪特别深，但大家都习惯了，只有我穿得十分臃肿，每次都被他们嘲笑。他们教会了我如何在雪地上走路不打滑，还一起在温暖的房间里吃了香喷喷的火锅。

　　不管去哪里，都能感受到扎根于那片土地的习俗与智慧。人们齐心协力，过着幸福美满的生活。每当遇到外来访客，我也会热情地接待他们，就像曾经人们真诚地款待我那般。

个人版三重县观光指南

雨季一结束，我便出发前往三重县，开始了为期四天的出差生活。因为要在户外待很长时间，我事先做好了万全的防晒措施。

我先在裸露的皮肤上涂上液体防晒霜。然后在脸上涂抹具有防晒效果的妆前乳。最后在面部、手臂、手背和脚背的位置喷上防晒喷雾。接着画上一层假面般的妆容，用手巾把自己捂得严严实实，然后就可以出门了。

因为我行动迟缓，加上体表面积较大，每天早上都要花很长时间来涂抹防晒霜。我感觉自己像站在一大片稻田前，不断插着名叫"防晒霜"的秧苗。这可是个大工程……出差期间，我每天都要比平时早起一个小时。

因为涂了太多层防晒产品，我感觉皮肤有些呼吸困难。就像在覆盖了一层油膜的梯田里，一条鲤鱼正拼命伸出头，大口地呼吸着。如果要打个比方，我就像那片梯田，而我的皮肤就像那条鲤鱼。

不过，这里的天气没有东京那么炎热。阳光虽然强烈，但不会特别闷热。累了可以在树荫下小憩，清晨和傍晚都很凉爽。在清澈的河流和茂密树林的环绕下，空气都透着一丝凉意，甚至会让人觉得这不太像夏天。

当然，当地人早就习惯了这里的山山水水，并不觉得有多凉快。我打算去给祖父母扫墓，中途跟住在三重县的叔叔见了一面。叔叔也完全不关心这里的山水，大白天便嚷嚷："不行，太热了，今晚必须喝点啤酒。"

于是，我们的话题从"热"转移到了"啤酒"。叔叔，糖尿病患者喝酒真的没事吗？

今年（2013年），因为伊势神宫迁宫，整个三重县十分热闹。但根据一项问卷调查，很多受访者表示不知道伊势神宫在三重县。三重县的居民也感到十分沮丧。

三重县（尤其是伊势神宫以外的地区）为何存在感这么低？我父亲是三重县人，身边还住着很多亲戚，我从小就对三重县很熟悉。但在外人看来，三重县不过是日本一个不起眼的小地方。三重县的居民也已经把这当成了一个自嘲的笑话，认为这也是没办法的事情。

但三重县不仅有伊势神宫，还有很多值得一看的景点和可口的美食！

我非常不甘心，决定趁这次机会好好宣传一下三重县。

对于生活在东京和关东其他地区的人来说，三重县是个略显陌生的地方，因为去那里需要花费很长时间。三重县没有新干线，也没有机场。而且纪伊半岛占了很大面积。乘坐新干线可以到达名古屋，但从名古屋到三重县还有很长一段路要走。

我本来想推荐三重县的尾鹫市，但从东京站乘电车到纪伊半岛南部的尾鹫市需要四个半小时到五个小时。即使是距离更远的博多，从羽田机场乘坐飞机不到两个小时就能到……

不过，纪伊半岛南部有很多值得花时间游览的景点。自上次去尾鹫开展林业采访活动以来，这已经是我第四次造访尾鹫，这里的鱼非常美味！

沿着复杂的海岸线兜风，可以将太平洋的美景尽收眼底。海边的山上种着郁郁葱葱的桧树，十分美丽。山林绿意盎然，河水无比清澈。我边吃着美味的生鱼片，边与大叔们开怀畅饮。

从尾鹫乘短途电车或汽车即可到达相邻的熊野市。（熊野市属于三重县，不属于和歌山县！）

熊野市也有许多旅游景点。被列为世界遗产的"七里御滨海滩"全长不是七公里，而是二十公里左右，蜿蜒曲折的海岸线无比壮观。这里每年 8 月 17 日都会举行大型花火大会，能吸引大约 15 万人前来观看（熊野市人口约为 2 万人）。

海岸并非普通的沙滩，而是铺满了光滑的圆形鹅卵石，有白色、绿色、红色、条纹色等等，颜色各异，数量繁多，让人看到心情大好。我甚至可以在这里捡上一整天的石头。

石头是不是太没有吸引力了？七里御滨还有一块巨大的岩石，名叫"狮子岩"！顾名思义，因为外形很像一头狮子，看起来十分威严！不过，从正面看一点也不像，这点让人有些失望（喃喃自语）。但从中能感觉到自然界的偶然性，也是一种不错的体验。

岩石是不是也没什么吸引力？附近还有一间历史悠久的神社，名叫"花之窟"！这间神社没有神龛，神灵是一块巨大的岩石。啊，说到底还是岩石……

我为何要如此积极地宣传三重县呢？感觉我从头到尾一直在介绍鱼、鹅卵石和岩石。其实三重县还有很多值得推荐的东西，比如温泉、烤松阪牛肠等等，可以放心去玩哦。

通过这次出差，我深刻认识到，仅仅根据能否乘坐现代交通工具（飞机和新干线）前往来评判一个地方是否方便未免太不公平。如果你想远离城市的喧嚣，来一场小小的旅行，不妨考虑一下纪伊半岛南部吧。这里节奏缓慢，冬天气候十分温暖，有美丽的大海和山林，有鲜美的鱼，还有鹅卵石和岩石哦！

附言：这一章的随笔大多是新冠疫情暴发之前写的，重新读完发现，偶尔来一场说走就走的旅行，是一件十分重要和快乐的事情。新冠疫情暴发后，熊野的花火大会被迫无期限取消，但为了恢复夏日的繁华，2022 年 11 月，当地成功举办了放烟花的活动，以接替传统的花火大会。不妨去纪伊半岛南部旅行，看看那里的石头、岩石和烟花吧。

文中提到的叔叔已经离世，他十分擅长绘画和雕刻。他曾经送我的观音菩萨小木雕被我爱惜地摆在了鞋柜上。据说是圆空 ① 大师的同款木雕。叔叔，您可真会抄……不对，是模仿。

---

① 圆空（1632—1695 年）是日本江户时代的一位行脚僧人，据说他曾雕刻了十二万尊佛像。

温泉与专注力

即便宅在家里，我也会忍不住想打盹或者看漫画，迟迟不想工作。于是，我决定去长野县的温泉度假村住上一周。

那里深夜也可以泡温泉，还有一条河边长廊，非常适合散步。最重要的是，房间里没有电视和时钟。由于地处山区，手机信号很差。只能通过电脑与外界联系。如果在这种环境下还无法集中精力，那可能地球上没有可以让我静下心来工作的地方了。

在旅馆的房间静下心来后，我打开了随身携带的笔记本电脑，感觉此刻的自己充满了能量。不过我还是选择了先去泡温泉。结果第一天，我泡完温泉后去吃了晚餐，晚上喝了点啤酒便上床睡觉了。

第二天一早，我去了河边的长廊散步，耳边萦绕着悦耳的鸟鸣声，此刻我的创作欲望到达了顶峰。但如果匆忙下笔，会显得自己很不专业。我回到房间，静下心来，静静地欣赏窗外的风景。不知不觉间，夜幕降临。吃过晚饭，泡完温泉后，我又直接上床睡觉了。

这样的日子重复三天后，我才想起来家里也没有电视。难怪明明旅馆里没电视，可我还是没心思工作。解开困扰我已久的谜团后，我顿时松了口气。看来一切都是因为我太缺乏专注力，跟有没有电视没有半点关系。某种意义上来说，我的专注力几乎接近于零。

现在可不是说这些的时候。必须开始认真工作了，不然后果很严重。我要开始玩命地写文章了。不过，在此之前，我得先查看一下邮件。万一编辑发来了充满愤怒和怨念的催稿邮件，那可就糟糕了。我必须找个借口，不对，要找个合适的说法，先安抚一下他们的情绪。

但不知为何，电脑突然没网，邮件没办法接收。失去了唯一的通信工具，我只好用房间座机打电话给前台。对方回复说信号出了问题，需要几个小时才能恢复。

我瞬间有些不知所措，但还是凭着强大的内心让自己冷静了下来。仔细想想，就算没办法收发邮件，也不会对我产生太大影响。反正我也没有稿子可以发给他们。

温泉疗养让我从容不迫、处事不惊的心态进一步得到磨炼。太好了！好才怪。

激动人心的宫岛之旅

　　我去了广岛县的宫岛。原来宫岛真的是一座岛！还以为那只是一处海岬，或是像江岛一样，通过桥梁与陆地相连接。我的地理知识太匮乏，说来真是惭愧。

　　当我得知从宫岛口（靠近本州那边）出发的渡轮要穿越濑户内海，在海上航行约十分钟时，作为一个海岛爱好者，我的心情激动到了极点。宫岛本身就是一座山，基本没有平地。严岛神社的红色鸟居在岛上的一片绿意中显得格外醒目。

　　上岸后，能看到小鹿在四处走动。这里比我想象中更热闹！明明是工作日，来宫岛游玩的国内外游客却多得出奇。不过，宫岛的优点在于，这里的气氛十分悠闲。我边欣赏着美丽的大海和壮丽的群山，边在纪念品商店林立的街道上和严岛神社里散步。

　　神社的红色鸟居大多时候矗立在海中，但在退潮的时候可以步行穿过下方。大人们纷纷感叹于鸟居的壮观，小孩们则被泥滩上的生物所吸引。那里有数不清的螃蟹和小型软体动物。海鸟也试图来这里觅食，但它们的脚却被不知名的海藻缠住。

这是什么海藻呢？看起来绿油油的，很好吃的样子……海边"清盛茶馆"的老板娘告诉我们，水温合适的时候，海藻会长得异常茂盛。她尝试过各种烹饪方法，最后发现，不管是煮还是烤，这东西都难以下咽。真是遗憾。

严岛神社的细节之美自不必说，天气晴朗的时候，建议去爬一爬弥山。可以乘坐缆车到达山顶附近。我有恐高症，这对我来说是件难事，不过听说那里的景色十分壮观（这里会特意加上"听说"二字，是因为我坐缆车的时候整个人无法动弹，完全没闲情欣赏风景）。

弥山山顶有几间大圣院的殿堂（山脚下的大圣院也是推荐景点，里面宛若"佛教世界的乐园"，十分值得一去）。但路面高低不平，建议穿运动鞋前往。

我喘着粗气抵达山顶的瞭望台后……发现四周是一望无际的濑户内海！能看到海面零星分布的绿色岛屿以及广岛的街景，还能依稀眺望到四国绵延的群山。美不胜收，宛若置身仙境。

宫岛的鳗鱼盖饭十分有名！我两天吃了三次鳗鱼盖饭，超级美味。

掷盘游戏的愿望

我去了琵琶湖（滋贺县）的竹生岛。继宫岛（广岛县）之行后，我又游览了多个岛屿。

这是我第一次见到琵琶湖，整片湖面面积大得惊人，我甚至怀疑那是不是海。得知我是游客后，出租车司机向我详细介绍了琵琶湖的情况（面积、深度、周长、长度等），给我留下了深刻的印象。看来琵琶湖深受县民喜爱呢！

从彦根乘船到竹生岛大约需要四十分钟。同行的还有同事"只穿内裤小姐"（在自己房间习惯只穿一条内裤的妙龄女子）。明明才上午，我们却在甲板上喝起酒来。我们边眺望着徐徐靠近的竹生岛，边小口品着罐装气泡果酒。船周围的水面十分宽阔，很容易让人误以为是大海，但湖面没有潮水的气息。视觉信息（这是大海）和嗅觉信息（这是湖）在我的脑中错综交杂，这种感觉十分奇妙。

竹生岛是一座无人岛，上面几乎没有平地。不过，靠岸的地方有几家纪念品商店。岛上的一个小山坡上坐落着宝严寺和都久夫须麻神社。完全不会让人觉得这是一处"过度包装的旅游景点"。游客可以在绿意盎然的环境中，静静地参观庄严的殿堂和神社。

据说宝严寺的观音堂是日本西部地区三十三个观音圣寺之一，即便是工作日，朝圣者们仍在虔诚地祈祷。竹生岛自古被称为"神明居住的岛屿"，现在仍是众多人心目中的圣地。

参观寺庙和神社大约需要一个小时。神社还可以玩"掷盘游戏"（在无釉陶盘上写下自己的愿望，然后扔向琵琶湖前的鸟居，据说这样可以实现愿望）。我扔的盘子严重偏离鸟居，消失在了草木丛生的山坡上。我本身技术不精，加上我一心想着"一定要扔到鸟居附近"，反倒很容易紧张。顺带一提，我在盘子上写的愿望是，希望能顺利写完小说。是因为我扔盘子的时候不够虔诚，所以愿望迟迟没能实现吗……

下次一定要虔诚地把盘子扔到鸟居附近，将愿望传达给神明！我发誓还会再来的。在回程的路上，我和同事一起坐在甲板上，边吃着从特产店买来的热气腾腾的关东煮，边悠闲地喝着罐装啤酒。

云山温泉的典雅景致

我尤其喜欢日本的"古典酒店^①",也一直在探访日本各地的老牌特色酒店。但目前只去过几个地方,分别是箱根、日光、轻井泽(没有住宿,只喝了会儿茶)和奈良(我假装很喜欢鹿,偷偷溜到酒店围墙外,在那里溜达了一会儿)。啊,我还去东京站的一家古典酒店里喝过茶(当时酒店还没整修)。

至于为什么大多酒店都没有选择留宿,主要因为我胆怯。跟它们(古典酒店)的悠久历史相比,我显得太微不足道,所以我总对它们有种莫名的敬畏感。但要一直这么想的话,恐怕我这辈子也体会不到入住的感觉。所以接下来我要抛开顾虑,大胆地入住(但也要看钱包是否允许)。

于是,我二话不说入住了岛原半岛云仙温泉的经典酒店!而且是一个人!独自一人入住如此气派的酒店,除我之外找不出第二个吧。

---

① 日本将 1932—1945 年期间修建的酒店称为"古典酒店"。

突然发现了我此前迟迟没有入住古典酒店的另一个原因——因为一个人的时候，我总会下意识地想"反正一个人，住商务酒店就够了"。呜呜。

这些姑且不提，即便没有人陪伴，也不影响我欣赏酒店的美景。大厅的柱子十分粗壮，餐厅的天花板很高，里面可以品尝到各式美味佳肴。连客房的门、椅子和墙纸都散发着复古而可爱的气息。酒店外侧看起来像一座山庄，房间设有阳台。整体散发着典雅的气息，适合戴着白色宽檐帽在这里散步（虽然我只带了泳帽）。

尤其值得一提的是大浴场！天花板呈圆顶状，墙壁上铺着极具艺术气息的西式瓷砖。浴室采用的并非推拉门，而是带把手的漂亮彩色玻璃门。古罗马的贵族使用的应该就是这种浴室吧（这只是我个人的猜想，其实装修风格和古罗马完全不沾边）。

我顿时少女心泛滥，带着无比激动的心情泡起了温泉。这里简直是天堂……周围没有其他人，不知道可不可以给这个可爱的大浴场拍张照……

平时不爱拍照的我突然涌起一股强烈的"拍照欲"，但光着身子拍摄浴场未免有些不雅。于是，我只好将这美丽的风景刻印在内心的相纸上。嗯？现在没人用相纸，都是转成电子数据格式进行保存吗？看来在措辞方面我还真是有点落后呢。

气派的善光寺

　　我一直都误解了"追牛进入善光寺"这句谚语的意思。还以为是"趁贵族们乘牛车前往善光寺参拜，找机会扒在牛车后，跟着去善光寺"的意思。

　　真正去了善光寺（长野市）才知道，我的理解完全是错误的。从正殿抽取的牛形签（签放在肚子上，作为摆设也十分可爱）上的文字来看，这句谚语源自这样一个典故：从前有一个贪婪没有信仰的老太太，某天因为晒的布被牛角钩住并带走，于是她追着牛误打误撞来到了善光寺。机缘巧合之下，她在寺里被感召，此后时常去善光寺参拜。

　　因此，这句谚语的意思是：在他人的引导下，不知不觉走上正途（参考《明镜 谚语用法辞典》[大修馆书店]）。原来是这个意思！

　　善光寺是一座十分气派的寺庙，里面设有多间宿房，现在仍有来自全国各地的人前来参拜。即使是在寒冷的小雨天，这里也是热闹非凡。时常能看到中年女性游客愉快地吃着油炸食品，中年男性游客在殿堂内严肃地诵经祈祷。热闹与虔诚的氛围毫不违和地融为一体。

门前的街道也散发着复古的气息。游客可以漫步其中，愉快地挑选心仪的纪念品。令人高兴的是，街上还有一家书店。热门景区一般很少有书店，而我又喜欢在旅游时购买书和杂志。为此，我时常会出现戒断症状。

但善光寺门前的街道上有一家书店，而且这家书店深受当地居民和游客的喜爱，这令我倍感安心。

我去善光寺的时候，恰逢寺门内部对外开放。爬上陡峭的台阶后，我仿佛化身石川五右卫门①，嘴里不停地嘀咕"绝景啊绝景"。秋天的枫叶也十分美丽，善光寺四周群山环抱，从高耸的山顶俯瞰整个小镇。

竟然能修建出如此宏伟的山门、殿堂和佛像，信仰的力量真是强大。人都喜欢用修建巨型建筑的方式来表达内心澎湃的情感吗？现代建筑亦是如此，东京晴空塔不也是某种高昂情绪的象征吗？（外形就给人一种热血沸腾的感觉……嘀嘀咕咕）

从善光寺宏伟的外观可以感受到设计师"希望修建一处能容纳许多人愉快参拜的地方"的初衷，也不失为一种奇妙的体验。

---

① 石川五右卫门是日本安土桃山时代的侠盗，曾登上南禅寺的三门眺望远处的京都美景，口中惊叹"绝景啊绝景，春天的景色真是一眼值千金"。

粗鲁的暴走祭 [1]

我参加了能登半岛宇出津举办的暴走祭。

在为期两天的祭典中，三十多辆被称作"切子"的巨型花车在镇上游行。确切来说，是跳来跳去。一般花车都有轮子，大多是拉着走的。但"切子"没有轮子，是抬着走的。抬一辆花车至少需要三十人。"切子"的顶部设有一个超大的灯笼，囃子队[2]的孩子们会坐在里面。从这点来看，它有点像花车，但移动方式又类似于神轿。

我在镇上属于外来人员，但好在有熟人，我顺利借到了一件祭典用的短外褂，趁机体验了一把抬"切子"的感觉。活动本身很缺人，所以不论男女，无论是否有经验，只要有熟人并能借到短外褂，就能加入其中。祭典气氛轻松而愉快。

切子很重，会把肩膀压得很痛，但当地人教了我一种"省力的方

---

[1] 暴走祭是能登地区的一大特色节日，于每年 7 月第一个星期五和星期六举行，意在向神明致谢，祈祷全年平安顺遂。

[2] 囃子队指在节日庆典里负责敲锣打鼓的队伍。

法"，我还趁机品尝了免费的清酒。平时在城里工作的人似乎只有在这个时候才会回到家乡，大家都对这个节日充满热情，乐在其中的样子是那样耀眼。

切子主要负责为两台"祭典神轿"引路。夜幕降临后，亮着灯笼的切子会在通往神社的路上排成一排，场面无比壮观。切子会热情地四处蹦跳，但前往神社的"祭典神轿"比我想象中要活跃。

只有当地男子才能去抬神轿。一方面是出于信仰的原因，但主要还是因为任务艰巨，只有对自身力量足够自信的人才能胜任。

抬神轿的人会把神轿扔进海里、火堆里或是河里，接着自己也跳进海里、火堆里或河里。这期间，他们会敲打神轿，把神轿从海里、火堆里或河里拉到路上敲打，或是把抬着的轿子扔到路上，用力敲打。这未免太粗鲁了吧……神轿里的神似乎喜欢被粗暴对待。受虐狂吗？没有没有，撤回刚刚说的话。这位神的爱好还真是特别。

成年男子们认真而又粗暴地踩躏着神轿，他们浑身湿透，甚至还要冒着被烧伤的风险。我不禁感慨：真是一场神奇的祭典。最后，我与当地居民一起欢呼鼓掌。

愉快的幻想旅行

我冬季可能会去京都工作，于是我决定顺带来一场个人旅行。我想着可以订一家好点的酒店，于是打开了之前看上的一家酒店的主页。

但那家酒店因为内部整修，冬天暂停营业，没法入住。

也是啊，从樱花季、红叶季、黄金周到暑假，京都一年四季都是游客爆满。但除了年初年末，冬季一般会比较冷清（只是相对的）。所以大多酒店会选择在冬季整修。

不过，竟然要花上一个月的时间整修，肯定几年才会安排一次吧。而我的旅行计划正好撞上这个时候，我的运气是有多差？

我还是不死心，又继续搜索起其他酒店，接着被熊本一家高级酒店的主页深深吸引。可我要去的是京都。接着，不知为何，我又浏览起了"七星号"（JR九州 ① 的豪华卧铺列车）的介绍网站，这可不是酒

---

① JR九州，全称"九州旅客铁道"，是日本的七大铁路公司之一。

店。七星号因为太受欢迎，根本预约不到。就算预约到了，价格也太昂贵了，我可承受不起！

我偶然看到这样一则新闻：一名旅客在一家酒店连住几晚后打算逃单，最后被警方逮捕。从疾驰的列车上跳下来逃跑，这种高难度行为对我这种运动神经比大雄 ① 还差的人来说，有可能做到吗？

等一下，我为什么要考虑逃跑的事情？我只是想在京都找一家合适的酒店而已（虽然是一个人旅行），怎么想到逃跑了，那可是会被警察逮捕的！都是因为酒店都关门了。为什么不在情侣扎堆的圣诞节整修呢？

我在脑中联想了很多，接着咒骂了情侣一番（拿他们当出气筒），不情愿地关闭了网页。

不过话说回来，旅行不只是去了当地才会觉得开心，准备期间也同样不失乐趣。比如收集信息、安排行程的时候，想好要去哪里玩，要吃什么。或者在了解相关信息前，先想象接下来要去的会是一个怎样的地方。我总爱在出发前发挥漫无边际的想象，到了出发当天反而倍感疲惫。不过，我总能在旅行中获得意想不到的惊喜和发现。

好，去京都找个地方住几晚吧。

附言：不好意思告诉大家，后来为了给小说寻找素材，我获得了乘坐"七星号"的机会（我的短篇作品被收录在了由七人共同创作的小说《七个故事：星流之夜从车窗远眺》（文艺春秋）里，小声宣传一下）。列车比想象中还要豪华，配餐也很好吃，还有很多娱乐项目，整个旅程非常愉快。

---

① 这里指的是日本漫画《哆啦A梦》中的出场角色野比大雄，运动能力很差。

但令我最惊讶的是乘客们的行动力。中途下车，去附近散步的时候，广播通知说"必须要在×点前返回车厢"，我每次都拖拖拉拉，挨到集合的时间才返回。但其他乘客（大多是高龄夫妇）一般都会提前五分钟返回列车，准备点名。

　　我明白了，正因为他们总是能认真地对待工作和生活，才能有财力乘坐"七星号"……也就是说，不管我如何挣扎，都没办法凭自己的能力坐上"七星号"。我也想向前辈们学习，尽量早点返回列车，但提前两分钟已经是我的极限。

　　这真是一次梦幻般的旅行。希望我能加倍努力工作，争取再体验一次"七星号"。

八坂神社与五十日元

想象终于要变成现实了。制定好详细计划后，我动身去了京都。

但遗憾的是，我看上的那家酒店因为整修暂停营业。本来打算独自来一场悠闲的旅行，没想到最后我母亲也跟了过来……这跟我计划的不一样呀！

不过，我们入住的酒店十分舒适，我还陪母亲去品尝了美味的下午茶（如果是一个人，可以优雅地喝喝茶，吃吃蛋糕、三明治之类的？哼，也太装了吧，我可不吃），结果还算愉快。

我和母亲在京都逛了半天，不知不觉到了八坂神社，于是我们决定进去参拜一下。母亲在钱箱前打开钱包，轻声嘀咕说："哎呀，我没有一百日元的硬币，只能投五十日元的了。"

投完后，她双手合十。我参拜完后，恭敬地退到了一边。但母亲还在继续祈祷，足足持续了有一分多钟。

母亲只投了原计划一半的钱，愿望却长得出奇。在神明面前脸皮也太厚了吧。

母亲终于睁开眼睛，走到我身边。我随口埋怨道："也太久了吧！"这时，一名几乎与母亲同时结束参拜的中年女性"扑哧"地笑了一声，上前搭话说："我也是，随着年龄的增长，想祈祷的事情越来越多，参拜的时间也越来越长。"母亲也激动地附和说："对对！就是这样！"

原来如此，看来我还没到达那个境界，还是个幼稚鬼。其实我刚刚只是随口吐槽了一句母亲擅自把香钱减半的事情，不料把火引到自己身上，两人开始对中年女性展开批判。于是我慌忙低头说："哎呀，真是抱歉。"

多亏了这位和蔼可亲的中年女性，我们才能在旅途中产生短暂的交流，窥见生活的微妙之处。

因为走太久，我已经筋疲力尽（柔弱），最后乘出租车回了酒店。司机说："一、二月份游客较少。如果想慢慢游览寺庙等景点，建议这个时期来。出租车司机也希望大家多来这里旅游。"

附言：重读这篇文章后，我意识到一个问题，我之所以不吃下午茶，是因为很多时候最低点单人数都是两个人，我根本没办法点餐。我吐槽说"太装了"，主要也是因为自己吃不到，有种"吃不到葡萄说葡萄酸"的感觉。我真是太可怜了。

有一次酒店推出了彼得兔联名下午茶，我好奇地看了看菜单，心想：莫非这是彼得爸爸派[1]？好在里面的菜品没有那么奇怪，我也总

---

[1] 英国童书作家兼插画家碧雅翠丝·波特（Helen Beatrix Potter，1866 年 7 月 28 日—1943 年 12 月 22 日）创作的《彼得兔》系列作品中，有一个桥段是彼得兔的爸爸被麦格先生做成了"兔子馅饼"吃掉。

算放下心来。但因为最小是两人份，我没办法点餐……不，我可不会点有彼得咬过的胡萝卜的下午茶。（当然，菜单里没有被咬过的胡萝卜。可是很可爱，看起来很好吃呀……）

向往的炖芋头联谊会

　　我去山形县出差了一段时间。今年这里的降雪量比往年要少，不过晚饭前天空还是飘起了雪花。等我们吃完饭的时候，地面的积雪已经有十厘米厚。

　　尽管雪势很小，下雪的时间也很短，但依然积起了很厚的雪。乘电车返回东京的途中，我透过车窗看到外面的车子完全被雪淹没。看着银装素裹的白色世界，我激动地大喊："哇！好美呀！"后来，东京也罕见地下起了大雪（与本国相比），但奇怪的是，我一点也不激动……

　　另外值得一提的是炖芋头。我之前从没听说过这道菜。听山形人热情地谈起时，我感到十分惊讶。起初我以为只是普通的水煮芋头，后来才知道原来是指芋头炖牛肉。而且，当地还会举办"炖芋头大会"。到了芋头收获的季节（通常是十月），大家会聚集在河边，一起在室外烹制并品尝美味的炖芋头。炖芋头大会期间，便利店和超市都会出售炖芋头套餐（附带配料、柴火等），制作方法简单，十分受欢迎。

据说学生也会举行"炖芋头联谊会"，在河边一边炖芋头，一边愉快地聊天。我一直很讨厌周末在户外高调烧烤的男女（嫉妒那些受欢迎的女孩），但"炖芋头联谊会"听起来很有趣，有机会一定要体验一下。

为什么要特意跑到河边去炖芋头呢？关于这种活动的起源，当地有诸多说法。东北各地（山形县内也是）的调味料和配料似乎也各不相同。

炖芋头的故事听起来有趣而美味，我已经迫不及待地想要品尝一番。但这种活动只会在芋头收获期间举行。于是我暗下决心，一定要在炖芋头大会期间去一次山形。

从山形返程那天，我在车站附近的一家套餐店发现菜单上有炖芋头！我连忙点了一份，接着服务员端上来一份有点像"清淡寿喜烧"的炖芋头。原来是这样的，果然很好吃！特别下饭！

我边吃边对从未见过的炖芋头大会展开了遐想。在河边架起大锅，跟亲朋好友一起烹制并品尝美味的炖芋头。还有比这更美好、更快乐的季节性活动吗？祖先们应该是为了在寒冷的冬天储存能量，所以才会想到举办炖芋头大会吧。

多亏了炖芋头，返程途中，我整个胃都是暖洋洋的。

附言：我好像在另一篇随笔里提到过这件事（最近记忆越来越不行了），后来，我每年会去山形出差一次，对炖芋头的了解也加深了一些。对于山形县的人们来说，"炖芋头"是一种重要的"灵魂美食"。县内不同地区使用的调料和配料各不相同，至于"哪里的炖芋头更好吃"，每天都会上演激烈的争论。我粗略地了解到，炖芋头大致分为"清淡寿喜烧"和"猪肉汤炖芋头"两种类型。两种都非常美味，但要是被当地人听到这两个词，绝对会派刺客来刺杀我吧。当地人很在乎这件事情，他们十分排斥别人把炖芋头和"寿喜烧""猪肉汤"混为一谈。甚至不允许称其为"火锅"，只能叫炖芋头。而且他们不接受"两种都很好吃"这种模棱两可的评价（大概）。

每当遇到炖芋头的话题，我会尽可能避开，因为真有可能吵起来（我只知道聊天时最好避开政治和宗教的话题，还从来没听说过要避开"炖芋头"这种话题）。不过，每当店里上炖芋头这道菜时，当地人都会掀起激烈的争吵。他们似乎也乐在其中。看着他们争得面红耳赤的样子，连炖芋头都变得更美味了。我还没参加过"炖芋头大会"和"炖芋头联谊会"，不清楚情况，他们该不会每年都要在河边争吵不休吧？

烦恼的追思会之旅（准备篇）

　　制定几人同行的旅行计划时，有很多事情需要提前决定和沟通，比如在何时何地集合、谁应该带什么东西（往返途中在电车上玩的纸牌游戏、住宿地聚会用的酒等等）。

　　当然，也存在"各自空手前往目的地，在当地集合，结束后解散"的豪放派。但如果旅行的目的是参加追思会呢？这时候总该要提前做一点安排吧？

　　我祖父母的追思会将于近期举行。祖父母的墓地和檀那寺①都在三重县。因为地处山区，即便从最近的车站出发也要一个多小时的车程。父亲说他会在电话里和亲戚商量，拜托他们开车送我们过去。

　　但我等了很久也没有收到父亲的回信。举办追思会的日子将近，我问他："事情安排得怎么样了？"他含糊其词地回答："中午的时候去车站等吧，应该会有人来接。"父亲好像跟亲戚通了很多次电话，到

---

①　在日本江户时代，普通民众必须皈依一个寺院，家中丧事都由该寺院操办，这种寺院就叫檀那寺，也叫菩提寺。

底聊了些什么！都是闲聊吧！压根没提追思会的事情吧！

我快要气得发抖，但还是极力忍住，接着问："那当天我们应该穿什么衣服呢？这个有没有问清楚？"结果父亲又含糊其词地说："我忘了问了。这个嘛，应该穿朴素点就行吧。"

这还用说吗？谁会穿鲜红的毛衣参加追思会。我想问的是，我应该穿得正式一点还是休闲一点！

父亲向来办事马虎，这事要是交给他，永远不会有结果。我给姨妈打了电话，向她了解了一下基本情况，并告知了母亲（按父亲一贯的作风，就算告诉他，也不会当回事）。此外，我还准备了一些特产点心作为礼物送给亲戚。父亲说想在有温泉的地方住一夜，于是我特意订了一家不错的酒店。

救救我，帕特拉什①。还没出发我就已经筋疲力尽……

随着年龄的增长，父亲变得越来越粗心大意。照这样下去，说不定我会被气得脑出血先他而去。真心希望能有旅行社专为参加追思会的老年家庭服务。

---

① "救救我，帕特拉什"是日本动画片《弗兰德斯的狗 我的帕特拉什》中的经典台词。

烦恼的追思会之旅（当地篇）

　　总算顺利地为祖父母办完了追思会。久违地见到当地的亲戚，我感到十分开心。

　　当然，追思会并不是一件值得开心的事情，只是祖父已经去世十七年，祖母也已经去世七年。随着时间的流逝，我们的悲痛早已淡化。现在我们可以云淡风轻地谈论有关祖父母的回忆（两人不乏搞笑的往事）。每隔几年，亲戚们都会聚在一起，共同缅怀逝者。仪式结束后，大家会留下来一起吃饭。追思会真是个不错的习俗。当然，也有"每逢举办追思会，亲戚都会大吵一架"的情况，所以不能一概而论。

　　今年的追思会出现了一些变化。一个是住持因年迈去世，追思会由附近寺庙的一位和尚代为主持。据说住持晚年时常在念经时睡着，或是在念经后讲法时睡着。每次都会引得在场的人不安地想：天哪，住持该不会走了吧？（这也说明住持备受爱戴）这次由和尚顺利主持完了追思会。我的表弟惊讶地感叹："原来参加追思会可以这么轻松。"不过，有一点我比较在意：这个和尚的动作和说话方式有点像相声演员。等我们混熟了，找个机会问一下，看看他是不是哪个相声演员的粉丝。

还有一个变化是，堂弟家的孩子出生了，是个男孩，现在只有八个月大。小家伙喜欢到处乱爬，嘴里总是"咿咿呀呀"地念叨个不停，特别可爱。叔叔婶婶也特别宠爱自己的大孙子。父亲这边的亲戚基本都没生孩子，除了这个八个月大的男宝宝，其他人平均年龄得有五十岁了。我别说生孩子了，连婚都没结呢……想到这孩子未来要肩负我们这代的养老金，我礼貌地问了声好，友好地逗了逗他。

对了，当时我把指甲涂成了深蓝色。服装方面我提前研究过（见上一篇随笔），不会有太大问题，唯独有点担心指甲。好在大人们没说什么，只是夸了一句"好时髦呀"。幸亏有一群开明的亲戚。不过，八个月大的宝宝没有放过我。他似乎对我指甲的颜色感到十分好奇，一直紧握着我的手，双眼饶有兴味地盯着我的指甲。太、太可爱了……

我不要养老金了！我还可以给你零花钱！终于有点理解当爷爷奶奶的心情了。

尾鹫的造林机器

又回到了三重县的话题，这次我去了尾鹫市体验植树。

我写过一部关于林业的小说。当时，帮助过我的人邀请我一起去参加小学生种植柏树苗的活动。

但我完全低估了"植树"的难度，或者说，对"植树"活动产生了误解。通常的植树活动都是去公园之类的地方挖几个坑，种上树苗，再用铁锹铲点土填上。我以为这次也一样，我只需要当个旁观者就行。

但出乎意料的是，小朋友们乘坐的小型巴士辗转开到了尾鹫市的山上。当时我乘坐林业员驾驶的汽车跟在大巴后。我顿时有种不祥的预感。这根本不是植树……而是"造林"吧？

果不其然，我们来到了大山深处一个陡峭的斜坡上。工作人员向我和小朋友们发放了头盔、军用手套和装满柏树苗的袋子。我们接到的指令是用锄头挖开一小块地，种下柏树苗，然后轻轻踩实树苗根部的泥土。首先下坡就是一件难事，我几次累得瘫坐在地上。

终于来到了山坡上。我抄起锄头，试图挖开地面的泥土，不料底下有树根和岩石，进展十分缓慢。而且因为脚下是斜坡，很难保持稳定的姿势，锄头也使不上力。

　　但常年在山上劳作的大叔们却说："这点程度的斜坡算什么，跟平地没什么区别。"他们轻松地挥舞着锄头，像机器一样不断地往斜坡上种着树。好、好厉害……我和小朋友们被惊得目瞪口呆。最后，在大叔们的全力帮助下，我们总算完成了植树任务。顺带一提，我抓了一条冒出来的大蚯蚓，拿到小朋友们面前，把他们吓得大喊："呀，你别过来！"我是不是有点幼稚。

　　广袤的大山上整齐排列着的柏树和杉树都是人工种植的。体会到当中的艰辛后，眼前的翠绿美景顿时让人肃然起敬。虽然很辛苦，但在山间劳动也不失为一种乐趣。我和小朋友们也乐在其中。现场十分热闹。不时有人大喊："我好像找到诀窍了！""树苗种得太密集了！"等等。

　　晚上当然是大人的专属时间。我和大叔们一起边吃着当地美味的鱼料理，边喝着美酒。后来还去唱了卡拉OK（没想到大家都很会唱歌）。唱到兴头上时，大叔们甚至开始拉上陌生男子合唱。明明在山上种树的时候还很规矩，怎么到了山下就放飞自我了？

极致的热海之旅

　　热海曾经是人们的蜜月胜地。写下这句话时，我一脸得意。但即便我活了近四十年，也不曾了解胜地时期的热海。

　　话说回来，我从来没有在热海住过。从东京到热海只需一天的路程，我在小田原也有亲戚。所以对我来说，热海就是"去看看美术馆，吃吃寿司，逛半天就足够"的地方。

　　这可不行！蜜月旅行对我来说遥遥无期。我决定这就出发去热海住一晚，顺便放松一下身心。

　　虽然是工作日，但期待已久的热海还是非常热闹。车站前的商业街人头攒动，除了老年旅游团外，其中不乏年轻情侣。我边暗暗感叹热海经久不衰的城市活力，边乘着出租车往酒店赶去。

　　酒店位于半山腰，从客房可以眺望到大海。庭院里随处可以看到挺拔的大树。穿过狭长的阶梯前往浴场途中，可以看到一棵足足有三百五十年树龄的樟树，看起来十分珍贵。洗澡水几乎没有颜色，舔一舔还有点咸。窗外的大海在树木后延伸开来，仿佛来到了一处世外桃源。

附近的海边迁来了一座古老的西式建筑，据说曾经是纪州德川家族的私人图书馆，现在变成了游客休息、喝茶的地方。那竟然不是住的地方，而是私人图书馆？拿这么漂亮的西式建筑当图书馆？那他们实际住的房子得有多大？我边啜饮着咖啡，边感慨德川家族实力的雄厚。

这里的食物非常美味，工作人员也平易近人。最近一直很想看一张 DVD（某偶像的演唱会 DVD），这次特意带了过来。

酒店可以把 DVD 机连接到房间的电视机上，随时都可以看。所以，晚饭后，我尽情地看起了 DVD。又不是在家！难得出来旅行，我这是在做什么！哎呀，不过，我的灵魂深处已经得到了抚慰……

总之，热海是个非常不错的地方。出租车司机都很热情随和，不仅会推荐"当地人喜欢的寿司店"和"适合买特产的干货店"，还会告诉我"有哪些艺人偷偷在热海度假"，虽然我压根没问。他似乎想借此证明热海是个受欢迎的城市，我连忙点头表示赞同（不过艺人的名字太多，我根本记不住）。

亲和的大国魂神社

东京府中市据说是古代（律令时代）武藏国国府的所在地。换句话说，这里曾是武藏国的中心地带。提到府中的中心位置，一般人都会想到大国魂神社吧。

我听几个邻居说，他们每年都会去大国魂神社做新年参拜^①。从我住的地方到府中的直线距离约十公里。步行过去太远，也不是日本有名的新年参拜神社，但却很受欢迎。

我好歹一直住在武藏国，必须去一次大国魂神社才行。于是，在一个晴朗的周日，我乘电车去了府中。

京王线府中站周边有许多商业设施，商业街热闹非凡。从车站附近通往大国魂神社鸟居的参道^②两旁排列着茂盛的榉树。有很多老人和带小孩的人在树荫下休息。真是一个悠闲的午后。

---

① 日本人会在新年期间到神社或寺院进行参拜祈求平安，来迎接新的一年。

② 参道指日本神社里用于行人参拜观光用的道路。

面向旧甲州街道的鸟居前矗立着一棵无比粗壮的大树（那也是榉树吗？太大了，不敢确定），能从中感受到浓烈的历史气息。穿过鸟居会发现，大国魂神社内部十分宽敞，建筑也颇为气派。而且，它的历史比我想象中还要悠久。

免费介绍手册上说，该神社修建于公元 111 年！这也太古老了吧。也就是说，这座神社很早就开始接受人们的供奉和参拜。

如今依然如此。阅读手册期间，不断有前来参拜的人从我身边经过。有看似刚举行完婚礼、身着长袖和服的年轻女子，还有抱着婴儿前来参拜的母亲。大家看起来神清气爽。当中还有一对疑似附近居民的老年夫妇，两人迫不及待地在神社前双手合十，参拜完后说："这样应该可以了吧。""是啊。"然后兴冲冲地离开了神社（令人印象深刻的是，老爷爷摘下棒球帽，恭敬地向拜殿鞠了个躬）。

看来大家都很信任大国魂神社，也早已习惯了这里。虽然这间神社历史悠久，内部的装饰和建筑也十分气派，但并没有那种高高在上的感觉。人们可以随意来到这里。

我也去拜了拜，顺便抽了张签。是大吉！明年五月五日的祭典活动应该会非常热闹吧，我已经开始期待了。作为纪念，我把签纸小心翼翼地收起来，带回了家。

第三章 在文字的世界里稍作小憩

希望之塔

——为什么很多人买了书却不读?

我决定把没读过的书堆到小型双人床上。一番整理后,床上的空间变得比单人床还小。顺带一提,我家卧室的地板上也堆满了书,从门口到床只剩下一条狭窄的通道。

餐桌上也放满了没读过的书,吃饭看电视时非常碍事。不仅如此,餐桌周围的地板上也到处都是书堆,如同一座座堡垒。几次走到电饭煲前,我都差点扭伤脚踝。

这下可糟糕了,在这种屋子里根本没办法正常生活。可即便如此,我还是会忍不住买书。世人都知道,食物买多了吃不完是一种愚蠢的浪费行为。可令我感到困惑的是,为什么这个道理到买书的时候就不适用了呢?

我买书的数量之所以会超过阅读的数量,是因为长大成人后,可以支配的钱更多了。我不用再为零花钱苦恼,可以毫不犹豫地买下更多的书。但最主要的原因是，我的专注力大不如前，甚至开始出现老花眼。以前我迷上一本书的时候，可以不知疲倦地看上一整夜，但现在没有这么充沛的精力了。好几次我在卧室看着看着便睡着了，等醒来时发现灯还亮着。躺着看书的时候，我必须要不断调整书的距离，才能勉强让自己看清书上的文字。一番折腾下来，手臂一阵酸痛。

某次我按年轻时的饭量吃了顿饭，结果犯了胃病。同样的，我明知道自己读不了那么多书，我的大脑却还固执地认为"我还很年轻"，不肯接受自己已经上年纪的事实。前些天，我又买了光文社古典新译文库版的《卡拉马佐夫兄弟①》第一卷。这个之前不是买过新潮文库版和岩波文库版的吗！我家成《卡拉马佐夫兄弟》的专用仓库了吗？我要向陀思妥耶夫斯基和译者们道歉。

但是，这些堆积如山的书能赋予我们希望，会促使我们去想"明天也要好好活着，继续读完这里面的一本书""我想去了解更多自己不知道的东西"等等。它们象征着对自己和未来的希望。但以我的阅读速度，怕是一辈子也读不完这些书吧。

即便如此，我依然觉得，人们不断积攒未读书本的行为，其实是在告诉世人：尽管有很多事情未能完成，我们依然会心怀希望地活着。

附言：我年轻时注意力比较集中，也没有老花眼，可我却不太喜欢阅读"世界名著"。我至今不清楚《魔山》《红与黑》以及《帕尔马修道院》具体讲了什么。至于《战争与和平》，我也只能从字面猜测，可能讲述的有关战争与和平的故事。

---

① 《卡拉马佐夫兄弟》（英语：*The Brothers Karamazov*）是俄国作家陀思妥耶夫斯基创作的长篇小说。

我为什么会排斥阅读"世界名著"呢？可能是被"世界"和"名著"这两个词吓倒了吧。在我看来，当中的每一个字都充满了威压感。

希望有一天我的内心能变得强大，能够不再畏惧压力，带着平常心去阅读"世界名著"。

夏目漱石——傲娇之王

用现在的话讲，夏目漱石其实是个"傲娇[1]"。我最近重读了他的随笔，得出了这样的结论。

夏目漱石看似傲慢，其实非常腼腆。说白了，他只是表面高冷，其实对他人的感情溢于言表。他从不坦率地表达内心的喜爱，从这点可以窥探出他心思的敏感和细腻，真是个可爱又可怜的人。

他傲娇的一面在动物面前表现得尤为明显。他家养了文鸟、猫还有狗，他对动物的观察十分细致。比如他曾在书中这样描写文鸟：细长而呈淡红色的脚的尖端，镶着晶莹如珍珠的爪子[2]。（摘自《文鸟》）

夏目漱石非常喜欢小动物，日常颇为在意它们的一举一动。某次他家养的猫得了皮肤病，他却说："施以哥罗芳等药物把它杀死，这

---

[1] 傲娇是指人物为了掩饰害羞腼腆而做出态度高傲、表里不一的言行的一个代名词。

[2] 此处引用了上海文艺出版社出版的《文鸟》（吴树文译）的译文。

反而能使它有幸解脱痛苦吧。①"（摘自《玻璃门内》）简直傲娇到极点！当然，家人并没有采纳他的意见，猫咪后来也很快痊愈。

其实他很想和动物友好相处，见猫咪不肯靠近自己，他黯然伤神。文鸟死的时候，他把过错归咎到仆人身上，斥责说是她照看不周。明明是他自己忘了喂食（可能因为太难过，想找个人发泄吧）。

动物时常不愿与他互动，但他跟爱犬赫克托耳意外地相处得很融洽。在夏目漱石的随笔里，我最喜欢他在《玻璃门内》一书中对赫克托耳的描写。

他用特洛伊勇士的名字为爱犬命名，时常远远地看着赫克托耳和它的朋友（也是狗？）约翰一起在院子里撒欢。每次见面，赫克托耳都会激动地扑过来，他也丝毫不反感。从夏目漱石平淡的文字里能够感受到赫克托耳对主人的仰慕，以及他对赫克托耳不留痕迹的关心。

若是叫名字，爱犬不予回应，夏目漱石会因此心生哀愁。比如书中提到"昨晚被赫克托耳冷落，我不愿意重蹈昨晚的失望，故意不呼喊它的名字②"。（摘自《玻璃门内》）

这般高傲的姿态，绝对配得上"傲娇之王"的称号！

其实，赫克托耳这么做并不是因为讨厌夏目漱石，而是因为它病得太重，没办法回应自己的主人。后来它偷偷走到一个主人看不到的地方，悄无声息地去世了。夏目漱石最后把它埋在了院子里。他眺望着爱犬的墓碑，与赫克托耳的故事也就此落下帷幕。

"同已经微微朽黑的猫的墓标相比，赫克托尔的墓标显得熠熠生辉。不过，要不了多久，两块墓标都将朽成同样的颜色，也同样不会

---

① 此处引用了上海文艺出版社出版的《玻璃门内》（吴树文译）的译文。

② 此处引用了上海文艺出版社出版的《玻璃门内》（吴树文译）的译文。

惹人注意了。[①]"

但即便赫克托尔的墓碑变得"微微朽黑",每当他从玻璃门后眺望庭院,也依然会想起它吧。想起那只勇敢、憨厚、可爱的小狗。有关赫克托耳的回忆永恒地刻印在了他的脑海里。就像他们之间的信任与爱,通过夏目漱石细腻的文笔,永恒地留在了读者心中一般。在我看来,赫克托耳的故事是动物随笔的巅峰之作。

正如前面所介绍的那样,夏目漱石很容易在动物面前展现出傲娇的一面。但跟朋友相处的时候,他又很容易表露出"内敛"的一面。

与好友久别重逢时,朋友调侃说:"你真会装模作样哪![②]"夏目漱石只是回了一句"嗯"。一个近五十岁男人半天只憋出一个"嗯"!连我这个读者都为他感到尴尬。他在朋友面前总是表现得十分别扭,连他自己也被突如其来的"嗯"吓了一跳。

"我这种招呼不啻是在肯定对方的指摘完全正确,而这样的回答怎么会如此自然、如此顺口、如此不费事地由我喉咙里轻捷地滑出来呢?看来我当时的情绪一定是好得纤尘全无,可以与人肝胆相照了。[③]"(摘自《玻璃门内》)

书中生动地描绘了他与挚友重逢时的别扭和喜悦,看完连我都感到浑身不自在。各种文献表明,夏目漱石深受朋友和学生喜爱。也难怪,他身上确实散发着一种含蓄的魅力。

但在女性面前,他丝毫不"傲娇",甚至表现得有些拘谨,或者说有些小心翼翼,连我看着都为他捏把汗。夏目漱石跟大多男性一样,也对美女情有独钟。但有时难得有美女委婉地向他示好,他却无动于

---

① 此处引用了上海文艺出版社出版的《玻璃门内》(吴树文译)的译文。

② 此处引用了上海文艺出版社出版的《玻璃门内》(吴树文译)的译文。

③ 此处引用了上海文艺出版社出版的《玻璃门内》(吴树文译)的译文。

衷。许多拜访过夏目漱石的女性都评价说"他是个心事很重的人"。

可能很多女性读完夏目漱石的小说后会想"这个人应该能懂我的感受"。这对作者来说也是一件无比荣幸的事情。但若是在家中当面倾听她们沉重的故事，听她们说一些莫名其妙的话（当事人坚称没有任何拐弯抹角），想必也是一件极其辛苦的事情吧。夏目漱石很受欢迎，但这种受欢迎的方式着实让人羡慕不起来！

这种"遗憾感"也是夏目漱石随笔的魅力所在吧。

在书中畅游孤岛

——《绝海孤岛》卡贝纳里亚吉田 著（IKAROS 出版）

东京罕见地积起了雪，我和弟弟一起堆起了雪人。尽管知道这不是一对三十多岁的姐弟该做的事，但我们还是全身心地投入其中，最后堆起了一个高约 170 厘米的巨型雪人。我非常满意，但就是鼻子有点痛。把雪人的头放上去时，我不小心手一滑，巨大的雪球直接砸到了我的脸上。我的衣服都湿了，把我冻得够呛。

堆完雪人后，我回到房间，坐在暖炉边，开始畅想哪天来一场愉快的南方海岛之旅。接着，我从书架上抽出了一本书，是卡贝纳里亚吉田的《绝海孤岛》。

书中记录了作者吉田前往日本各大海岛旅行的经历。每当提到"海岛"，我们总会不自觉地联想到"南方"。这本书里介绍了日本的诸多海岛，例如山形县的飞岛、山口县的见岛等。还附有许多精美的照片，光是看着都觉得赏心悦目。另外还配有多张民宿提供的美食的照片，我这个"吃货"看得直咽口水。

更值得一提的是书中的文字，作者全程从旅行者的角度，谨慎而直观地描述了对海岛的印象，以及与当地居民交流的感受。从多个方面（包括优点和缺点）生动地传达了各大海岛的魅力以及旅途中的心情。其中介绍鹿儿岛县的恶石岛和卧蛇岛的篇章尤为精彩。作者偶然间乘上了"卧龙岛慰灵专用渡轮"，看到了原住民时隔数十年在渡轮上眺望海岛的样子。我顿时深受触动，突然明白了何为故乡。每次回过头去品读，我都会感动到热泪盈眶。

我看着室外的巨型雪人，任由思绪在各地的海岛上驰骋。有的依然大雪纷飞，有的已是阳光明媚。即便没有出门旅行，也能在书中遇见美丽的风景。

令人爱不释手的"豆本"

——《人物速写》《鸟兽速写》锹形蕙斋 著（芸草堂）

我没什么爱好。不对，我喜欢看书和漫画，但因为太喜欢，已经到了影响生活社交的地步，所以我不确定是否要在简历的爱好栏写上"阅读"二字。

我时常因为熬夜看书，导致第二天起不来。有哪个公司会雇用这种员工呢。但工作人员非要我们在简历的爱好栏里适当写点自己感兴趣的事情。

为了找到合适的爱好，我在书店的"兴趣爱好区"拼命翻找，最后发现了芸草堂的"日式豆本丛书"。

这是一套长约 11.5 厘米、宽约 8.5 厘米的日式装订本，里面包含了葛饰北斋、歌川广重等知名画师的手绘样本（精选合集）复刻版。封面上写着：模仿知名画师的绘画技巧，尝试绘制风景和动物速写吧。

于是我从中挑选并购买了锹形蕙斋的《人物速写》和《鸟兽速

写》。翻开书页，大量可爱的人物、鸟类、昆虫的速写画映入眼帘！颜色也搭配得恰到好处。

我一手拿着豆本，试着画了一只兔子。蕙斋只用了极其简单的几笔，便将兔子的活泼可爱表现得淋漓尽致。而我临摹出来的却像一个插着两片枯树叶的馒头。

模仿江户时代知名画师的作品，难度未免太高了吧！要是能达到他们的水平，那我岂不是也可以成为名留千古的画家！

爱好培养计划很快落空。但"豆本丛书"让我领略到了画师出神入化的手绘能力，推荐大家买来看看。而且书本设计非常可爱，买来送人也是个不错的选择。

深奥的小夫语

——《精神病院的囚笼》安娜·卡文 著 / 山田和子 译
（国书刊行会 / 筑摩文库）

朋友 I（女性）叹着气说："语言这东西真是太难了。"起因是她儿子（小学五年级）某天嗅了嗅她的头发，说了句"没想到妈妈你还挺香"。

这句话听起来略带贬低的意味。从字面意思来看，跟动画片《哆啦A梦》中，小夫①说的那句"没想到大雄你还挺狂"有异曲同工之处。但其实小男孩并没有这个意思，他只是用词不当。他本想表达的是闻到妈妈头发的香味很高兴，但又羞于夸赞。

不管怎样，在我看来，他单纯而可爱。正因为他的话语存在多种理解，才更能真切地表达出"他对妈妈的爱"。

---

① 全名骨川小夫，男，日本漫画《哆啦A梦》及其衍生作品中的男性角色。刚田武的好搭档，出生在日本东京练马区，小学五年级学生。

我最近读了安娜·卡文的《精神病院的囚笼》。这是我偶然间在书店买到的，是一部很精彩的短篇小说集。卡文用优美的文笔，淡淡地描绘出了无法用语言交流（无法传达自己的意见和想法）的恐惧、愤怒、焦躁以及无尽的孤独。

书中的人物恐慌而疲惫，但依然在拼命地述说。不可思议的是，他们越是与世界脱节，所描述的景色就越美丽，所诉说的话语也越有内涵。

他们奋力挣扎，渴望抛开客套和虚伪，来一场推心置腹的交谈。这种孤独感对正在阅读本书的我们来说并不陌生，有时候把话说得太简单直白不一定是"好事"。

日常的小插曲

——《细雪》谷崎润一郎 著（中公文库等）

时隔约二十年后，我重读了谷崎润一郎的《细雪》。这本书讲述了大阪一个旧时代家庭中的四姐妹的故事。

初读这本书时，我总觉得故事略显平淡，没有太多波澜。但这次重读一遍后，我有了截然不同的理解。如今在我看来，她们的生活可谓跌宕起伏。比如"暴雨导致河水泛滥，一家人的生活受到严重影响""自由随性的四女儿妙子被迫在外租房独居"等等。

但真正让人感到窒息的是故事中的细枝末节。比如三女儿雪子多次相亲，但迟迟没有结婚。为避免伤害她的自尊心，每当有新的相亲安排，家人都会小心翼翼地切入话题，一次次用平静的方式执行着艰巨的催婚任务。

但更让人着急的是，每当家人提起相亲的事情，雪子只是含糊地"嗯"一声，既不答应也不拒绝。读者也只好屏息凝神，继续关注接下来的发展。

　　这种小插曲基本每三页会出现一次，读着很愉快，但也很疲惫。这本书恰到好处地诠释了现实生活中家庭关系与职场关系的微妙平衡，生动地描绘出了日常的种种琐事，比如"厕纸用完了，几人为谁去更换争吵不休"等等。读起来酣畅淋漓，但也令人深感疲惫。

　　只有在长大成人后，才能从中体会到人际关系的紧张，以及暗藏的冲突和让步。这部长篇小说最后以"腹泻"的插曲收尾，从中能感受到谷崎润一郎先生极致的女性崇拜思想，让人不禁为他直击人心的文笔感到震撼。

太宰治与"人间失格联盟"

——《津轻》太宰治 著（新潮文库等）

我以前很喜欢买书，总觉得书和漫画是我生活中不可或缺的一部分。但大约从四天前开始，我迷上了某个偶像团体，每天乐此不疲地欣赏他们的视频，几乎没怎么读过书。

我的人设岂不是要崩塌！我对书的热爱竟然如此不堪一击！原来相比书，我更喜欢年轻男子！简直是堕落！

我（在脑中）狠狠地呵斥自己。仔细想想，每隔几年我都会迷上一两个演员或是足球运动员，并因此忽略阅读。就像流感一样，等症状消退后，我又会慢慢回到书本的世界里。我是海鸥，而你（书本）是港湾。

每当天气转热，我总会不自觉地想起太宰治① 的《津轻》。这本书

---

① 太宰治（1909 年 6 月 19 日—1948 年 6 月 13 日），本名津岛修治，日本小说家，日本战后无赖派文学代表作家。主要作品有《逆行》《斜阳》和《人间失格》等。

记录了太宰治的故乡之行。在他所有的作品中，我对这本情有独钟。因为从中可以窥探出太宰治可爱和腼腆的一面。

尤其是序篇，当中有一段讲述了他年少时装扮成喜欢的戏剧角色（也就是角色扮演）的故事。每次读到，我都会忍不住为之惊叹。太宰治也自嘲似的说："如此愚蠢的家伙大约也属罕见①。"但我能理解他的心情！如果遇到自己喜欢的事物，我不一定有勇气玩角色扮演。但如果是喜欢的偶像，我会主动去整理他们演唱会的歌单等等。说出来真是丢人！

某个冬日的午后，我突然理解了出生于一百多年前的太宰治对"喜爱事物的痴迷"，我仿佛看到我们隔着时空紧握彼此的手，正式结成"人间失格联盟"。我不禁红着脸感慨：果然读书能丰富人的精神世界。

附言：本篇提到的那句"我是海鸥，而你是港湾"好像在哪读到过……阅读本书的校样时，我一直在思考这个问题，应该是《横滨故事②》（大和和纪，讲谈社）里的台词吧？因为小时候读过太多遍，有些词深深地印在了脑海里，所以才会不自觉地引用到作品里吧。

我慌忙重读了一遍《横滨故事》（可能加起来读过上百遍），发现龙助（男主人公）对万里子说过这样一句台词——你就像一只海鸥，而我是你的港湾，离开我和这个小镇，你将无法过活。

龙助将万里子比作自由飞翔的鸟儿，把自己比作安稳的港湾，他嘴上说着万里子不能离开自己，但其实非常支持她追逐自由。我不禁

---

① 此处引用了四川人民出版社出版的《津轻》（廖雯雯译）中的译文。

② 《横滨故事》是日本漫画家大和和纪创作的一部漫画作品，讲述了明治时代的一对乱世佳人的故事。

为大和和纪[1]老师超前的理念和伟大的思想所折服（这部漫画连载于20 世纪 80 年代初）。

相比之下，我把自己比作海鸥，把书比作港湾，未免有点陈腐。虽然并非直接引用，但也算是下意识地仿照了作品中的知名台词，只是早已失去了原来的味道。我不禁开始反思：我究竟从老师的作品里学到了什么？还有，我明明已经读了上百遍，可还是记不清里面的内容。我的记忆力真的没事吗？

这篇文章里提到的"某个偶像团体"指的是 K-POP（韩国流行音乐）组合，但那是很久以前的事情了。后来因为看了"热血街区"系列的电影，我现在迷上了 EXILE。有时还会穿电影登场角色的同款棒球夹克，我这是在玩角色扮演吗？（心虚）

---

[1] 大和和纪，日本漫画家，1948 年生于北海道札幌市。曾在月刊《少女 FRIEND》上发表了很多爱情喜剧和正剧作品。代表作有《窈窕淑女》《源氏物语》等。

书里的笔记是"定时炸弹"

——《姆咪谷的彗星》托芙·扬松 著／下村隆一 译（讲谈社文库）

最近天气越来越炎热。

一个人住也有好处，我最近在家几乎是一丝不挂，把河马般的壮硕身躯裸露在外，每天懒洋洋地躺在床上。可能是得到了"河马"一词的指引，最近我一直躺在床上重读"姆咪"系列作品（拜托，姆咪可不是河马哦！ [①] ）。

动画片里的姆咪鲜活可爱，原著小说的基调也非常轻松，但背后莫名地透着一丝忧伤，这也正是原著的魅力所在吧。在这一系列的作品中，我尤为喜欢《姆咪谷的彗星》。巨大的彗星迫近，地球面临毁灭的危机，姆咪谷陷入混乱。成年后重新品读这部作品才发现，当中对不安的描写是那样生动。同时，我也会下意识地思考：作者究竟想

---

① "姆咪"系列故事出自世界儿童文学大师托芙·扬松（Tove Jansson，1914—2001年）之手，作品中的姆咪样子像直立的小河马。

通过"彗星迫近"事件告诉我们什么？

　　另外让我感到惊讶的是，作品里登场人物（或许应该说"人物"？）小吸吸的台词底下被我用红色铅笔画了一条横线。这句台词是"就算我一辈子吃不了冰淇淋也没关系"，是小吸吸在表明决心时说的话。小时候读到这里时，我大受震撼，在心底惊呼"他、他是认真的呀"。

　　不知道小孩看完会有什么感想。那条红色铅笔线应该是三十多年前的我画的吧，原来相比彗星，我更在乎冰淇淋。我是不是傻？

　　还有一件事情实在没脸说，发现这条红色铅笔线后，我拖着河马般的身躯走进厨房，从冰箱里拿了个冰淇淋。书里的笔记真是危险的"定时炸弹"，多年后看到会令我们面红耳赤，甚至会导致身体发福，千万要注意。

从自己的角度不断思考战争

——《战争与文学》全集（全二十卷&一册单行本 集英社
／八册选集 集英社文库）

每到夏天，报纸和电视上关于"战争"的专题便会悄悄地多起来。明年（2015 年）是战争结束七十周年。向后世讲述战争经历和思考如何防止战争变得越来越重要。

如果有人时常喜欢思考战争，并想知道更多有关战争的事情，那我推荐你阅读《战争与文学》全集。如今经历过战争的人越来越少，这套书的编写理念是从"现在"的角度重新思考战争与文学。篇幅很长，我也正在一点点阅读，内容十分有趣。购买全集需要勇气，可以先去图书馆借阅（写这篇随笔的时候，市面上只出了单行本，现在好像出了选集文库本，可以考虑购买）。

比如，第五卷《想象之战》中收录了许多未经历过战争的作者创作的作品，例如伊藤计划①的《无差别化引擎》、秋山瑞人②的《我是导弹》等等。那并非以现实战争为题材创作的作品，而是凭借"想象"创作出的战争文学。文中鲜明地映射出了现实的残酷，毫不留情地揭露了战争的本质。

第十三卷《死者的诉说》中收录了井上厦③创作的戏剧《如果和父亲一起生活》，我反复品读了几遍，每次都感动得眼泪鼻涕直流。后来这部戏搬上舞台时，我在电视上看了一遍，差点哭到泪腺出问题。看来下次读这部作品前，得提前预约眼科。

第十九卷《广岛、长崎》读起来也十分沉重。书中收录了美轮明宏④的《战》，文中用平淡的笔触描绘出了孩子眼中的长崎，非常值得一读。

这一系列作品引人深思、发人深省，能够帮助我们铭记那些来之不易的东西。

---

① 伊藤计划，本名伊藤聪，男，1974年10月生于东京都，毕业于武藏野美术大学，日本科幻小说作家。

② 秋山瑞人，1971年出生于日本山梨县，日本的小说家、轻小说作家、科幻小说作家。代表作有《秋的原野》《伊里野的天空UFO的夏天》等。

③ 井上厦（1934—2010年），日本著名剧作家、作家，曾发表过《和爸爸在一起》《吉里吉里人》等著作。

④ 美轮明宏，原名丸山臣吾，日本创作歌手兼演员，1935年出生于日本长崎。1945年10岁那年遭遇长崎原子核爆。

向往与怪异生物在海边恋爱

——《南欧怪谈三题》西本晃二 编译（未来社）

最近的夏天异常炎热，时不时会来一场雷雨。我家的网络也因此出了故障。

听前来更换设备的通信公司人员说，他们最近一直在应对雷雨天气引发的各种问题。他还向我抱怨说："有时候维修到一半，天空突然阴下来，开始电闪雷鸣……"看来这天气已经把他折磨得没了脾气。

我非常同情他们的遭遇，但天气不是人力所能控制的。窗外再次电闪雷鸣，为了熬过这段炎热潮湿的时期，我读起了《南欧怪谈三题》。

这是一部短篇小说集，当中收录了兰佩杜萨 [①] 的《鲛女》、阿纳托

[①] 全名朱塞佩·托马西·迪·兰佩杜萨（Giuseppe Tomasi di Lampedusa，1896—1957年），帕尔马公爵和第11世兰佩杜萨亲王，西西里作家。代表作有长篇小说《豹》等。

尔·法朗士①的《亡灵的弥撒》以及梅里美②的《伊勒的维纳斯》。说是怪谈，其实更像是奇幻故事，不会给人毛骨悚然的感觉，可以放心阅读。

可能因为文化、气候不同吧，那些异世界生物不会偷偷摸摸地出现。在所有故事中，怪异生物的出场方式都非常直接。比如从波光粼粼的海面突然闪现，等回过头时，他已经若无其事地出现在你身边，或是突然开始大吵大闹。他们丝毫不会感到胆怯，每次读到我都会暗暗吐槽："喂喂，你们能不能收敛点！"但我也因此从他们身上感受到了无比鲜活的真实感。

译文生动活泼，对人物的刻画栩栩如生，阅读时仿佛能真切地听到所有登场人物（包括亡灵之类的）的声音。所有故事中，我尤其喜欢《鲛女》。书中以唯美、露骨的方式描绘了一段夏日的海滨恋情。即便对方是鲛女，即便她厌倦人类后有一天会离开，能经历这样一段恋爱，也无怨无悔！这就是我这个暑期的阅读报告。今年的夏天即将过去，恋爱似乎依然与我无缘。

---

① 阿纳托尔·法朗士（Anatole France，1844—1924 年），法国作家、文学评论家、社会活动家。代表作有《金色诗篇》《波纳尔之罪》等。

② 全名普罗斯佩·梅里美（Prosper Mérimée，1803—1870 年），法国现实主义作家、剧作家兼历史学家。代表作有《卡门》《高龙巴》等。

探讨心理学

——《消失的狼少女 心理学神话历险记》铃木光太郎 著
（新曜社／筑摩文库［增订版］）

一听到"心理学"几个字，我便会莫名地提高警惕，因为我怕自己潜意识里的欲望会暴露无遗。比如我担心会出现这种对话——"我昨晚梦到自己打棒球了。""嗯，打棒球需要用到球棒和球，你十有八九是欲求不……""呀！这种事情太丢人了，请不要说这么直白！"（←这是我对心理学的曲解）

但有一本书轻松打消了我对心理学的戒备和误解。那就是《消失的狼少女 心理学神话历险记》（现在筑摩文库出了增订版，书名叫《增订版 消失的狼少女 心理学神话历险记》）。

书中介绍了"被狼养大的少女智力几乎没有发育"的实例，并多次以此为反面例子，向人们普及环境和教育对婴幼儿的重要性。

但据说这个故事是发现并报告狼少女事件的人杜撰的。至少后续的调查和研究表明，这个故事有大量人为加工的痕迹。

这有点类似于人们说的"潜意识效应"。以前我总害怕自己的内心会被潜意识操控。读完这本书后，我开始深刻反省：我竟然在对心理学研究成果一无所知的情况下，轻信那些毫无根据的传言，继而对心理学产生恐惧心理，简直是愚昧。

为了揭开人类心理的奥秘，研究人员需要慎重、严谨地展开调查和研究。这本书直白地阐述了心理学的真谛及其作为一门学科的重要性，即便是我这个外行人，也能轻松看懂。我决定放下偏见，今后积极钻研心理学书籍，以便能够及时看穿那些违背科学的虚假理论。

探寻真理的数学家们

——《完美的证明：拒绝 100 万美元的天才数学家》
玛莎·葛森 著 / 青木薫 译（文春文库）

我不擅长"数学"，且不说"函数"，连"分数"是什么我都答不上来。不过我正月吃了"鲱鱼子①"，非常美味。

我是个纯正的文科生，对"数学"的认知也仅限于此。不过，正因如此，我对数学的世界充满了好奇心。我时常喜欢购买一些外行人也能轻松看懂的物理学、数学和天文学方面的书籍。每当看到数学公式，我的意识就会切换到"零重力"状态。即便如此，我依然会坚持读下去。因为我想知道理科生究竟是怀着怎样的理想、用怎样的方法不断探寻真理的。

---

① 鲱鱼子的日文写作"数の子"，字面看起来与"数"有关，因此被作者拿来调侃。

玛莎·葛森①的《完美的证明：拒绝100万美元的天才数学家》讲述了证明"庞加莱猜想②"的俄罗斯数学家佩雷尔曼③的故事。写这句话时，我的脸上透着得意的神色，但其实我压根不知道什么是"庞加莱猜想"。总之，应该是一道很难的数学题吧，嗯。

　　佩雷尔曼是个十足的怪人，他拒绝了所有的荣誉和奖项，现在过着隐士般的生活。当然，也不接受任何人的采访。

　　于是，作者玛莎·葛森通过深入采访周围人，将佩雷尔曼的性格生动地呈现到了读者面前。但当事人的记忆时常存在偏差，对同一件事情的印象和评价也各不相同。玛莎·葛森采用最质朴的采访方式，场面十分严肃，让人不由得联想到审讯。

　　佩雷尔曼（和玛莎·葛森）是在苏联出生的犹太人，接受过高等数学教育。书中也真实地映射出了国家存在的教育与歧视等问题。

---

① 玛莎·葛森（Masha Gessen），1967年出生于莫斯科，俄裔美籍记者兼传记作家，代表作有《再度死寂：共产主义之后的俄罗斯学术界》《半个革命：当代俄罗斯女性作家小说》等。

② 庞加莱猜想是法国数学家庞加莱提出的一个猜想，其猜想内容为，任何一个单连通的、封闭的三维流形与三维球面同胚。

③ 格里戈里·佩雷尔曼，1966年6月13日出生，犹太人，俄罗斯数学家。证明了数学中尤为重要的"庞加莱猜想"。

了解多种职业，获得希望与勇气

——《世界奇妙职业画像》南西·丽卡·薛芙 著 / 伴田良辅 译
（Blues Interactions）

明天就是星期一了。肯定有人会想"啊，不想去上班（或者上学）""好想躺在家里"吧。

我虽然每天居家工作，省去了通勤的麻烦，但也一样得了"想躺着的病"，完全没有工作的动力。即便坐在电脑前，满脑子想的也都是"晚上吃什么"。等回过神来，却发现自己正在整理和清理冰箱。

每当工作动力严重不足时，我就会翻开南西·丽卡·薛芙的《世界奇妙职业画像》。这是一本用于记录小众职业画像的影集，当中介绍了"飞刀助手""赛马入场音乐号手""女装学校校长"等职业。他们努力工作的样子十分有感染力，书中还对每个职业附有简短的说明，读起来非常轻松。

一想到世间有这么多不同种类的职业，我便感觉生活充满希望。

我相信，在地球的某个角落，一定有适合我的工作（幻想）。一旦我转到那个行业，必然会引起轰动，引得大家纷纷惊呼"救世主出现了！""这就是所谓的天才吧！"等等（梦想）。但伤脑筋的是，我至今没有找到适合自己的职业……

　　算了，姑且放下我这愚蠢的幻想和梦想吧。这本书巧妙地阐述了"工作"的本质。告诉我们工作建立于需求之上，不管是多么小众的职业，都必须要付出足够的努力。现在可不是说"没有工作动力"的时候哦。每次翻看这本书，我都能从中获得勇气。

浴缸阅读时间《源氏物语》

——《谨译 源氏物语》林望 译（全十卷 祥传社文库）

天气逐渐从凉爽变得寒冷，我也开始变得不爱洗澡。确切来说，是不想脱衣服。如果没有外出的打算，我一般五天洗一次澡。但每次泡澡的时候，我都会在洗澡水里放入沐浴盐，尽情地享受难得的浴缸时光。

装优雅太累了，还是用回平时说话的语气吧。难得放满一浴缸热水，我当然会想尽可能泡久一点，可能因为以前节省惯了吧。这时候就该拿本书了。有书的话，就不会无聊到泡五分钟就想离开。

最近，我在浴缸里重读了林望的《谨译 源氏物语》。译文通俗易懂，即便是对《源氏物语》了解尚浅的我，也能轻松读懂书中的故事。尤其是书中人物咏唱和歌的片段，能够把诗歌原有的韵味精准地传达给读者，丝毫不会影响故事的流畅性，非常难得。

另外，这还是我第一次读到如此有趣的"宇治十帖①"，以往我总把注意力放在"纠缠不清的三角关系"上。读完《谨译 源氏物语》才发现，这是一个在当代社会也十分常见的关于情感纠葛的故事。

结尾也处理得十分巧妙。一般故事结局十分考验作者的功底和品位，《源氏物语》的结局（想必不用我多说）读完令人意犹未尽，不愧是名作！这就是我读《谨译 源氏物语》的最大感触。

对于"想读《源氏物语》，但又担心读不懂原文"的朋友，请务必试试这本。虽然因为看得太投入，导致全身的皮肤都泡得发皱了，但我一点也不后悔！

---

① 宇治十帖是指《源氏物语》的后十回，因为主要记述宇治亲王（八亲王）三位女儿（宇治大君、宇治中君、浮舟）的故事，通常被称为宇治十帖。

没有人向我求婚的理由

——《没有人向我们求婚的 101 个理由》简·苏 著（Poplar 文库）

今年参加新年参拜的时候，我再次向神明祈祷"希望我能成为一个勤奋努力的人"。但我的祈祷从未得到过回应。大家正月都是怎样度过的呢？

我除了参加新年参拜，还读了简·苏[①]的《没有人向我们求婚的 101 个理由》，并开始思考未来的事情。这本书竟然列出了 101 条没有人向我们求婚的原因，简直可怕。但书中的分析确实一针见血，而且文风幽默诙谐，让人看完笑到肚子发疼。

顺带一提，我中了 21 条。是不是觉得还挺少？那是因为我在第 1 条就被贴上了"单身超过三年"的标签，后续根本无缘参与求婚相关的话题。

---

① 简·苏，别名田之上美智，日本音乐制作人、作曲家、专栏作家兼电台主持人。

本书的优秀之处在于，不会强硬地主张"应该结婚"或是"不该结婚"。它像是一份基于经验、观察和思考整理而成的报告，旨在提醒我们，不仅是男女关系，在社交过程中也需要充分发挥想象力，设身处地为对方着想。比如第 15 条提到的"在生日和圣诞节时，送对方不喜欢的礼物"。天哪，我就干过这种事，对不起。

希望男性都能读读这本书，看看不擅长应对异性关系的女性是多么艰难、苦恼和无奈。有太多男性正被擅长把控异性的女性玩弄于股掌之间（看起来是这样的）。虽然这类男性根本不值得我同情。啊，书上有一条说"觉得所有容易被女性玩弄的男性都是笨蛋"（第 57 条），我又中了。

我心中的凡尔赛宫

此刻我正位于凡尔赛宫。说来遗憾，我害怕坐飞机，没办法真正飞去法国的凡尔赛宫。所以这里指的是"我心中的凡尔赛宫"！

突然这么激动，真是抱歉。我在东京宝冢 ① 剧场看了月组 ② 联合演出的《凡尔赛玫瑰：奥斯卡和安德烈篇》（2013 年）。由明日海里奥 ③ 扮演奥斯卡，她风趣、热情、善良、调皮，完全是我理想中的奥斯卡。看完后，我感动得热泪盈眶。

这是一部非常有名的舞台剧，但我还是要说明一下，奥斯卡出生在一个贵族家庭，是一个常年身着男装的秀丽女子。因为爆发法国大革命，她被迫与民众一同参战。这部作品改编自池田理代子的同名

---

① 宝冢歌剧团是 1914 年由日本阪急企业创始人小林一三创立的大型歌舞剧团，团员全部为未婚的女性，总部宝冢大剧场位于兵库县宝冢市。

② 月组是宝冢歌剧团的第二个组，组的代表色早期为绿色，现则以黄色为代表色。

③ 明日海里奥，原宝冢歌剧团花组首席男役（指在歌剧中扮演男性角色），89 期生，在团主要作品有《金色的沙漠》《春之雪》等。

漫画。简直是一部少女的圣经，不，是人类的圣经。它不仅讲述了唯美的爱情和绚丽的宫廷故事，还解答了"对人来说，真正重要的是什么"。我很小就读过这部作品，至今为止已经不记得重温了多少遍。我也想成为像奥斯卡那样坚强、善良、美丽的人，但这条路对我来说有些漫长。

《凡尔赛玫瑰》于1974年被改编成宝冢舞台剧，后来作为热门剧目多次上演。这部精彩的少女漫画在真人的演绎下，变得更加生动饱满，舞台绚丽夺目，我一不小心看入了迷，开启了一场心中的凡尔赛宫之旅。

舞台上的奥斯卡被许多大叔称赞说"比男人还帅"。每公演一次都要被夸上上百次。宝冢歌剧团的演员毕竟都是女性，说这些台词的大叔也都是女性扮演的。不过，传统上奥斯卡一角会由男性演员扮演，平时扮演男性角色的女演员唯独在《凡尔赛玫瑰》的公演中会扮演身着男装的女性。性别概念太复杂了，看得我的脑子一片混乱。不过，这种混乱模糊的感觉更能增添观剧的趣味性，让我更能投入其中。

这正是模糊、超越、消除性别界限的魅力所在。这种感觉就像是经历了一场美妙的旅行。跨越国界、省界和房屋地界，步入一个全新的世界。在那里，我们可以感受到陌生环境带来的兴奋感，遇见一些颠覆固有观念的全新事物。这正是旅行的乐趣和刺激所在。

在东京宝冢剧场看完剧后，我突然又很想去旅行。希望今后能有机会去看看真正的凡尔赛宫吧。

窥探脑中的景象

　　我的拙作即将要被拍成电影，于是我去了一趟电影制片厂，参观了一下现场的布景和拍摄的场面。

　　摄影棚里按照小说的描述搭建了一栋"老式双层木制出租房"。里面设有楼梯，地板和柱子有些发黑，像是经过了漫长岁月的洗礼。厨房里摆放着市面常见的罐装洗涤剂，墙上装着老式电闸，细节做得十分逼真，像是立刻就能住进去一般。

　　电影工作人员搭建房屋布景的水平简直令人叹为观止。我边发出惊叹的声音，边怀着探险的心情参观各个房间。突然，我的脑中闪过一个想法。我在这栋真实搭建的木屋布景里参观的行为，不正等同于在他人的脑中旅行吗？

　　小说只能通过文字来表达，即便是作者，也无法在脑中描绘出场景的每一处细节。虽然书中写了"老旧出租屋"几个字，但至于走廊多宽，墙壁上是否装有电闸，这些连我自己也没想过。

　　曾经在脑中构建的模糊景象，此刻以电影布景的形式鲜明地呈现在眼前，而我正漫步于其中。有种在充满现实感的梦境中旅行的感觉，非常不可思议。

同时，这处布景也是工作人员根据剧本和小说里的描述，按照自己的想象搭建而成的实体。也就是说，通过实际的布景，我们可以看到工作人员是如何在自己的大脑中诠释并再现书中场景的。

通常我们很难把他人脑中的图像完整地投射到自己的大脑中。但如果将小说视觉化，把他人对小说的理解和构思通过布景的方式呈现出来，就能变成可以看到，甚至是可以触摸的"实体"。仿佛悄然闯入了他人的梦境一般，这种体验十分奇妙。

我一直觉得，"看电影"是一种公然窥探他人脑中思想的行为。银幕上的画面等同于他人脑中的景象，这些平时无论如何也无法窥见。影视作品之所以能带来刺激、惊险的"体验"，是因为它能让我们从不同人的视角体会不同的人生。

《漫画之道》与"松叶"的拉面

　　我在一位朋友的陪同下去参观了川崎市的藤子·F·不二雄[①]博物馆，当时我们不仅被不二雄老师的作品和人格魅力所折服，也被常盘庄时代耀眼的青春气息所震撼。于是我们决定，一定要去尝尝"松叶"的拉面。

　　"松叶"是一家拉面馆，现在仍位于东京都丰岛区南长崎（原椎名町）。曾多次出现在藤子不二雄 A[②] 老师的《漫画之道》等作品中。常盘庄[③]位于"松叶"附近，早年住在里面的漫画家时常去这家店里吃拉面。

---

① 　藤子·F·不二雄（1933 年 12 月 1 日—1996 年 9 月 23 日），原名藤本弘，日本漫画家，代表作有《哆啦 A 梦》《小鬼 Q 太郎》等。

② 　藤子不二雄 A，本名安孙子素雄（1934 年 3 月 10 日—2022 年 4 月 7 日），日本漫画家。曾经与藤本弘（藤子·F·不二雄）长期共用藤子不二雄这一笔名发表作品。代表作有《忍者服部君》《怪物太郎》等。

③ 　常盘庄曾是诸多知名漫画家专心创作漫画作品的阵地，后来成为第一次新漫画党和第二次新漫画党的活动地点，是众多人心中的"漫画圣地"。

边喝烧酒汽水（用烧酒和气泡水调制而成的酒精饮品），边品尝"松叶"的拉面！搬家后用"松叶"拉面代替荞麦面①！这才是漫画爱好者们永恒的浪漫！

五月的一天，阳光明媚，我和朋友满怀期待地来到了松叶。我们按照《漫画之道》里描述的那样，在路口的警亭处右拐……找到了！"松叶"就在那里！我们激动得快要跳了起来，连忙在店外拍了张照片留念。店员似乎也已经习惯了前来常盘庄参观的粉丝，热情地接待了我们。

我们很快进入餐厅，点了拉面、烧酒汽水和饺子。天哪，这里的拉面味道十分熟悉，很像我们小时候常吃的"老式东京酱油拉面"。饺子也很美味。烧酒汽水口感清爽，喝多少都不会腻。这种感觉太幸福了。

吃饱喝足后，我们来到了"松叶"附近的常盘庄旧址。如今那里建了一栋大楼，但没有大门和围墙，可以在院子的一角看到常盘庄的纪念碑。好暖心的设计。我们怀着对大楼主人的感激之心，又拍了很多照片。

后来，我们翻开《漫画之道》（我特意带了文库本）进行对比，发现建筑的入口位置与当时完全不同。我们在附近勘察了一会儿，发现常盘庄旧址旁有一条小巷，尽头处连接着一条主道。我们对这个发现很是满意。只要是有关漫画的事情，即便没人要求，我也会表现得异常积极。

常盘庄旧址紧邻繁华的目白大道，但这里的氛围宁静而闲适。我和朋友悠闲地漫步其中，一边缅怀曾经住在此处的漫画家前辈，一边

①　日本人习惯搬家后给左邻右舍送荞麦面，以增进邻里关系。

在内心深处感慨：正是因为有了这里，才能有现今繁荣的漫画产业。

附言：2020 年，常盘庄旧址附近的南长崎花笑公园修建了一座"丰岛区立常盘庄漫画博物馆"（这篇文章写于 2013 年），下次一定要去看看！

让人沉迷的事物

　　大多人喜欢在电车里看手机，有时我很好奇他们都在看什么（或者说读什么），所以偶尔会瞟两眼旁边乘客的手机屏幕。

　　他们一般都在玩游戏，或是用软件给别人发信息。原来如此，我乘电车的时候习惯看书或是发呆。

　　有人悲观地认为"如果大家都沉迷玩手机，书本和杂志就卖不动了"，但我并不觉得手机是个坏东西。我之所以不在电车里看手机，只是单纯地因为在摇晃的环境下看动态游戏画面很容易头晕，而且也没有特别想联系的朋友。不，我可没有很孤单哦！真的一点也不孤单！（极力辩解）

　　对于"多数人喜欢在电车内专注地看手机"这一现象，很多人持批判态度，是因为他们看得"太投入"吗？过度沉迷于一件事的样子确实称不上雅观。认为"无视周围人的存在，一心沉迷看手机的行为很不雅"的人，可能会发表一些"批判手机"的言论。

　　但不能将所有问题归咎于手机吧。我也时常会在电车内沉迷看书，或是像失了魂似的，一个劲地发呆。"沉迷"虽然称不上雅观，但不一定是坏事。沉迷运动和沉迷用手机发信息本质上并没有什么区别。当然，如果有人在电车内旁若无人地做运动，肯定会被警告说"你这样会扰乱公共秩序，请停止这种行为"。

我最近总莫名地感到头晕，甚至有点担心自己是不是寿命快到了？开玩笑啦，我只是因为睡前盯着手机屏幕看太久。考虑到我家的书架实在没有空位，最近我开始改读电子书，结果眼睛极其容易疲劳。

每每至此，我都会恨不得想大喊一声"可恶的手机"！但回过头想想，也许江户时代的爱书人也是这种心情吧。

那时候的纸灯笼远不如现在的电灯明亮，江户时代的人只能在昏暗的光线下全神贯注地看书。眼睛感到疲劳的时候，他们肯定也会愤愤地抱怨"可恶的书！就是因为你们，我才会这么头晕目眩"吧。这时妻子责备说："亲爱的，冷静点。这可不是书或者纸灯笼的错，要怪就怪你自己看得太晚。"爱书人又回答说："哎，你说的有道理。可不知为何，听到这番话后，我反而更生气了！"

其实我想表达的是，每个时代的人都会沉迷一些事物，只是不同时代的人会对不同的现象感到不满。

回想一下二宫尊德①的铜像，他可是边背柴火边看书哦。这不就等同于现代边走路边玩手机吗？若是在江户时代，绝对会被旁人嘲笑说"那家伙在看什么书呢？这么着迷。真是笑死人了，要么好好背柴火，要么好好看书，能不能专心做好一件事情"吧（个人见解）。人们却把这种行为做成铜像教育后人。二宫尊德是位伟大的人物，被做成

---

① 二宫尊德是日本江户时代后期著名的农政家兼思想家，他提出的"报德思想"被广泛实践。

铜像也无可厚非，但主要目的还是想借此改变人们对书本和阅读的价值观吧。

阅读可以帮助我们了解未知的世界，还能带来无穷的乐趣。人们的这种思想会不断地提升书本和阅读的地位。但现代科技飞速发展，打开新世界大门、带来愉快体验的渠道已经不只有阅读。很多时候，手机反而效率更高，这时候人们当然会选择沉迷手机。

纵观人类历史，书本和手机都算是"让人们为之着迷"的新事物。比如在绳文时代，有人因为痴迷橡子遭到旁人的非议，但他因此慢慢学会了如何分辨"能结出美味果实的树"。后来人们心怀感激，并开始信任他。

个人认为，沉迷某件事物并非坏事。人们可能通过"沉迷"发现全新的世界，并将从中获得的"好处"回馈给周围人。不管是书本、手机、运动还是橡子，每个人都有权利自由选择"沉迷的事物"，这才是最重要的。

关于入坑这件事

很多人担心年轻人会逐渐变得不爱阅读，于是有机构委托我撰写向中小学生宣传读书的乐趣的文章。对了，我高中时代在干什么来着？有一小段时间，我几乎每天都在拼命回忆，直到某一天，我去看了某个乐队的演唱会。我注视着舞台，这才后知后觉地想起来：我高中时期也看过这个乐队的演唱会来着。

一个乐队能坚持唱二十多年，简直令人佩服。而我竟然能喜欢一个乐队二十多年，这份执着也挺可怕的。

我是那种一旦喜欢上一样东西（或者一个人），就会一直喜欢下去的人。就像突然坠入了某个深坑，从此无法自拔。即便坑里一片黑暗，哪怕泥泞已经没过了我的胸口，我也绝不会想要离开。我会摸着黑在里面探索，时不时嘀咕"哇，里面好深哪""墙壁上竟然长了奇怪的蘑菇"等等，为自己的一点点小发现暗自欣喜。永远不会感到厌烦。

所以，我的爱好从高中时代起几乎没有变化。我依然会去看某个乐队的演唱会，依然喜欢看书（包括漫画），高中时期的朋友现在依然关系很要好。说得好听点是"对喜欢的事情一心一意"，说得难听点是"难以接受变化，至今没有成长"。看来我永远无法摆脱高二病（或者说中二病），好讨厌呀。

不过，我知道自己是那种一旦喜欢上一样东西就不会轻易放弃的人，所以我会非常谨慎。要是什么东西都能轻易喜欢上，那我喜欢的东西会越来越多，慢慢地身体会不堪重负，身心也会变得异常疲惫（因为喜欢一样东西需要耗费大量的精力、时间和金钱）。

所以，我会时刻注意脚下，以免不慎入坑。我不想随波逐流，也没办法接连喜欢上新事物。我会尽量弄清楚自己想要什么，喜欢什么。尽可能慎重地倾听内心的声音。说简单点，我追求的喜好不贵"多"，而贵"精"。

入坑只需一瞬，一旦喜欢上就是永远。

在我自身的认知里，我一直认为这就是"爱"。直到长大成人后才发现，其实并非如此。时常有读过我小说的读者评价说"故事人物的感情来得有点突然"。

是吗？可不管是恋爱，还是爱好，不管平时多么小心翼翼，也还是会没来由地、猝不及防地喜欢上。然后会忍不住想要进一步去了解、感受他（或它）。即便遇到困难，也还是会怀着复杂的心情继续喜欢下去。难道不是这样吗？

好像并非如此。冷静下来观察四周会发现，有些人会先思考自己对某件事（或某个人）的喜欢是否是发自内心，又是出于什么理由喜欢上，等确定自己的感情后，再付诸行动。跟我不一样，这种属于极度慎重和理性的人，性格上也会非常可靠。当然，也有那种好奇心旺盛，容易喜欢上不同事物（或人）的人。等热情退却后，他们会很快抽离，又继续喜欢下一样东西（或人）。原来如此，能了解到世界的多样性，也不失为一种乐趣吧。还有那种对任何事物（或任何人）都提不起兴趣，每天悠闲度日的人。安稳又节能，这样也挺不错呀。

喜欢上一样东西（或一个人）没有绝对的步骤和方法。没有规定"一定要怎么做"或者"必须喜欢哪件事（或哪个人）"。只要跟随内心，用自己的方式去生活就好。我因为追求"少而精"，导致生活从高中时代起一直没有太大改变，说来真是丢人。

如今想来，我最先入坑（＝喜欢）的事情就是"阅读"。自打我懂事起，我就非常喜欢读书，除非高烧四十度以上（还有沉迷偶像的时候），否则我每天都会花一点时间读书（包括漫画）。

我不指望能通过阅读获得什么。"索要回报的爱"不叫真爱吧？我只是因为喜欢才读书，仅此而已。

每个人都有自己表达"喜欢"的方式，以及选择喜欢和不喜欢的权利。我们每个人的内心都是自由的。所以，没必要因为自己不喜欢读书，或者没有特别的爱好而感到焦虑和不安。

如果喜欢上了某件事情（或者某个人），不必感到害怕和羞耻，要直面"喜欢"的感觉。但也不要骄傲，要把心思放在喜欢的事物（或人）身上。即便没有喜欢的事物，哪怕遇到的都是自己不喜欢或是不擅长应对的东西，也不必在意。试着想想自己想要什么样的生活，希望身处一个怎样的社会。总有一天，你一定会"认识这个世界"。

通过阅读以及迄今为止喜欢过的所有人和事，我了解了周围的人，也认识了自己。希望今后我能继续深入探讨。

不求回报，只因为爱。这里说的"爱"是指感受某件事（比如自己喜欢和讨厌的事情），并不断思考。在我们不断地感受和思考的过程中，即便我们不求回报，也一定会有意料之外的收获。

明明委托方要求我"宣传读书的乐趣"，可我还是忍不住跑题了。因为不管我怎么苦思冥想，我始终都认为"没必要强迫自己喜欢读书"。尽情地去做自己喜欢或是觉得有趣的事情就好，即便没有喜欢的事情，也不必感到焦虑。

所有东西都会在合适的时机出现。只要你不断去感受和思考，总有一天，你会找到自己真心"喜欢的东西"，或是"自己认为舒适的地方"。不要气馁，也不必担忧。这就是我想对高中生（以及高中时代的自己）说的话。

附言：本篇提到的"某个乐队"指的是 BUCK-TICK。2022 年，乐队举办了庆祝出道三十五周年的演唱会，几个人真是越来越帅了。多亏了他们，我近乎偏执的爱才能一直热情如初。每次去看他们的演唱会，我都会感动得热泪盈眶。

第四章 无论是烦恼还是旅行的时候

记忆总是与"人"有关

我害怕坐飞机，所以我一般只在日本境内旅行，主要交通工具当然是火车和电车。而且我大多时候都是一个人旅行。

我去过的地方都还算不错，但岛根县给我留下了特别深刻的印象。我租了一辆车（前面还说主要交通工具是火车和电车，结果这么快就租了辆车），在县内从东向西漫无目的地行驶。

我游览了多间神社，参观了多家琳琅满目的博物馆，泡了很多次温泉，还在便利店品尝了美味的便当。我觉得便利店的食物特别好吃。是旅途紧张造成的错觉吗？不，是因为这里的水比较好吧？好不容易出来旅行，我为什么还要跑去便利店吃便当？可能因为地方不熟，开车的时候总是很容易饿，为了缓解饥饿感……所以去便利店买了便当当点心……

我学生时代去过岛根，当时在八重垣神社占卜过姻缘。把一张纸币放在池塘里，再往纸币上放一枚硬币。如果硬币很快沉下去，就表示婚姻将近。我放在水面上的纸币和硬币丝毫没有要沉下去的意思，只是慢悠悠地漂向池塘深处，最后牢牢地卡在了路缘石上。同行的朋友（她的纸币和硬币很快便沉了下去，后来，她也确实很快就结婚了）和碰巧路过的宫司①见到后，纷纷大笑了起来。

我非常不甘心，后来租车单独自驾游的时候，我又去那里偷偷试了一次，果不其然，还是没沉。我趁没人的时候，偷偷用手戳了戳纸币，强行让硬币沉了下去。可能因为我做了违背神明旨意的事情吧，所以我到现在还没结婚……

顺便说一下，学生时代占卜那次，疑似宫司的男子边强忍笑意，边安慰我说："意思是你还没遇到合适的人。纸币飘向远方，意味着你的另一半可能在远方。"可我的纸币和硬币卡在了路缘石上，这让我有些在意。也许我的另一半是外星人，或者来世才能遇见？但我还是要心怀希望地活下去。

旅行的乐趣在于"可以遇见不同的人"。夕阳下波光粼粼的宍道湖、山间苍翠的绿林固然美丽。但当我们回过头来感慨"不管是跟朋友一起，还是独自出行，岛根之旅都让人感觉无比愉快"时，回想起的一定是旅途中遇见的那些人。

笑着用温柔的话语安慰我的宫司，偶然进入的小餐馆的女老板和时常光顾这家店的大叔们，博物馆的女导游。大家都是开朗而随和的人。我开车时迷了路（虽然有汽车导航系统），在一条田间小路上停了下来。就在我感到不知所措的时候，一位老婆婆特意停下手里的活，走到我身边为我指路。

如果我去的是一个荒无人烟的地方，无论那里的景色多么美丽壮观，都不会在我的记忆中留下太深的痕迹吧。正因为能遇到一些人，

---

① 宫司指日本神社中掌管祭祀的人。

旅途的风景才会转化为珍贵的回忆。我甚至不知道对方的名字，也早已忘记了他们的面容，但他们温暖的触感和行为举止却依然清晰地留在我的记忆里。

岛根之所以令我印象深刻，除了因为途中遇到的人，还因为往返的交通工具是卧铺火车。我把脸贴近车窗，看着窗外流动的夜景。摇着摇着便睡着了。等醒来时，窗外亮起了清朗的晨光，火车已经停靠在了途中的一个车站。因为睡觉忘了拉窗帘，我的睡相被站台上的人看得一清二楚。

熟睡中乘着火车在夜里疾驰的感觉十分浪漫。而且对于不敢乘飞机的人来说，火车也非常方便。有时间还想乘坐"出云号"列车去一次岛根。

机器人复活

因为工作有点忙，我最近一直没时间去旅行。成天窝在房间里，盯着电脑屏幕。

结果我浑身的肌肉越来越僵硬。不仅肩膀酸痛，连背部、头皮、手臂和臀部也受到了影响。有一天，我感到腰部一阵刺痛，本以为是长了带状疱疹，但皮肤表面没有任何异常。看来连腰部的肌肉都僵硬了，出现了肌肉痛的症状。话说回来，原来我的侧腹有肌肉？还以为都是赘肉呢。我感动得热泪盈眶。

不对，现在可不是高兴的时候。我浑身的肌肉已经出现了僵硬的症状，如果就这样放任不管，我可能就要变得跟机器人一样了。我走遍了附近所有的按摩店和指压店，这也算是一种旅行吧。要想享受一次力道适中、位置精准的按摩，跟理疗师的契合度十分重要。但我迟迟没有遇到合适的理疗师，找了两个多月都没有结果。

但是，僵硬的症状丝毫没有缓解。我迈着僵硬的步伐四处奔走，终于找到了一个技术娴熟、结实有力的指压师。我趴在治疗台上，舒适而酸痛的感觉引得我不住号叫。大约喊了十分钟，我也终于累了，整个人瘫软下来。指压师吓得忙问："这位客人，您没事吧？不会被我按坏了吧?"放心吧，机器人可是很结实的，尽管继续。

原本预定的六十分钟，但进行到一半时，指压师和我一致认为不够。最后，他为我按摩了足足有九十分钟。多亏了他，我终于不再是机器人啦！（虽然我本来就不是机器人）

从治疗台上爬起来后，我感觉全身的血液都恢复了流动，还微微出了点汗。呼。我整个人神清气爽，像刚泡完温泉一样。我明明没有泡澡，却有种接受过水疗的感觉，指压按摩果然是个好东西。

全身僵硬的时候，脖子像是被妖怪缠住了一般，可活动的范围很小。经过一番按摩，我现在可以正常地回头了。这下终于能专心工作了。

可一回到家，我就直接躺到床上，呼呼大睡了起来。没办法！刚刚相当于泡了九十分钟的温泉，当然会累得想睡觉了……

烦闷的时间旅行

　　我在雨中奔跑的时候，不小心脚下一滑，摔了一跤。如果那一瞬间可以暂停，我一定是飞天超人的姿势吧。但我并没有飞起来，而是摔了个狗啃泥。

　　我悄悄环顾四周，幸好没有人看到。我又不是什么大人物，这种时候还在乎什么体面！我暗暗责骂自己，慢腾腾地爬起来，撩起裤腿，膝盖上有一块擦伤和一块瘀青。

　　我已经有二十多年没有擦伤过膝盖了（这次大意了。我运动能力不行，以后要尽量避免跑动）。伤势不严重，但真的很疼！

　　我家附近有很多小孩，我时常能看到他们在路上摔倒后哇哇大哭。每次我都会走上前问："天哪，你没事吧？"怎么可能没事，摔跤真的很痛！我这么大一个人，竟然把膝盖摔伤了，想想好丢人，我都有点想哭了。

　　我一瘸一拐地回到家，开始寻找工作所需的材料。我记得被我放在收纳箱里了。因为跪在地上很疼，我只好猫着腰在橱柜里侧的纸箱里翻找。

　　里面并没有什么文件，倒是找到了我学生时代的几张照片。我下意识地尖叫了一声，一屁股坐到了地上。

　　像塑料一样光滑的黑色长裙，极具冲击力的亮蓝色上衣，这是什么打扮！还有这件破破烂烂的连衣裙是怎么回事！我学生时代是疯了吗？

　　现在依然如此，相比市面的保守款，我更喜欢一些稀奇古怪的衣服，看来我需要纠正一下自己的品位。不然再过上十年，我可能会穿上印有逼真老虎图案的运动服。等看到曾经（也就是现在）的图片，又会皱着眉头吐槽："哎呀讨厌，这打扮也太奇怪了吧。"其实我现在依然觉得那只老虎挺酷的……

　　我把照片放进纸箱底部，踉踉跄跄地走进浴室。天哪，带着伤洗澡，真的很痛……

　　许多年后，重新体验摔跤的痛，再回看曾经那些尴尬的照片。这是上了年纪的成年人才有的特权。虽然我一点也不想要这种特权。

　　附言：距离写这篇随笔已经过去了十年，果不其然，我的品位还是没变，我依然喜欢穿各种奇奇怪怪的衣服。

　　因为新冠疫情，最近我一直宅在家里，不知不觉间胖了许多。前些天我久违地拿出丧服，发现怎么也穿不进去，真是令人恼火。无奈之下，我只好放弃，随便找了一件像样的黑色衣服穿上，去参加了故人的葬礼。祭拜的时候，我在心里暗暗道歉。不过，他应该会笑着原谅我吧（他生前就是这样一个人）。

　　但我还是需要尽快买一件可以当丧服用的黑色连身裙。几天后，我去了新宿伊势丹的欲望百货大楼，却意外地看上了一条颜色和图案都很奇特的哈伦裤。为什么会这样？我明明说要买丧服来着，店员肯定也很纳闷吧。她委婉地提醒说："这位客人，真的不用看其他颜色的衣服吗？比如黑色……"我这才想起了自己的来意，最后顺利挑到了一件黑色连衣裙。不过那条裤子也买了。

至于那件印有逼真老虎图案的衣服，我会尽量克制住自己。但说实话，我有一件印有马脸图案（正面）的T恤，一般是去赛马场的时候穿。我为什么要穿这种会吓到马的衣服去赛马场？可能因为穿的衣服太傻，我买的马票从来就没中过。

旅行包与外出的欲望

我曾经在某个地方提到过，我的旅行包提手总是接二连三地被扯断。后来，为了防止提手断裂，我开始使用带滚轮的小型行李箱，旅行时可以拖着走。

不过，滚轮发出的"隆隆"声很吵。尤其是在沥青路面上，那声音好似打雷。清晨拖着它前往公交车站时，回荡在宁静小区里的轰隆声会把我吓得汗毛直立。

虽是小型行李箱，但拿它来装旅行两晚所需的物品还是有些夸张。旅行箱可以提升旅途的气氛，但里面时常是空荡荡的。即便如此，滚轮依然会发出雷鸣般的轰隆声。我每次都很害怕，甚至忍不住想向周围的人道歉。

慢慢地，我平时使用的包也坏了。内胆的布破了，开始不断地脱线，很快就要失去它原有的形状。无奈之下，外出旅行、与同事会面或是去超市购物的时候，我都只好用大号环保袋代替。环保袋的优点是结实，但设计朴实无华。不过这是我最后的选择，我可不能要求太多。

　　就这样，我背着环保袋（毫无时尚性可言）度过了大约一年的时间。我突然对自己感到愤怒，我竟然还想把赚来的钱全部花在漫画上，能不能先买个包！

　　于是，我拿着提手早已断裂的波士顿包去了附近一家包包维修店（这是铁了心不想买新的）。那是一个白色钦皮包，我非常喜欢，实在不舍得扔掉。我对店员说："请帮我修一下，一定要能承受住书的重量。"然后他给我换了一个加粗的提手。耶！

　　看着重获新生的波士顿包，我顿时心情大好，于是决定再买两个日常用的包包。后来我买了一个带有花哨图案和夸张亮片的布包，以及一个可以容纳大开本书籍的方形包。前阵子还背着个环保布袋到处乱跑，这会儿却已经坐拥好几个包包。嘿嘿，我现在是包包达人。

　　我开始喜欢上了外出和旅行。每当要出门，我都会从几个包包里挑出合适的一款。终于能体会到受欢迎是什么感觉了，简直太开心了。帅哥每次约会都是这种感觉吗？好羡慕呀（这是对帅哥的偏见）。果然包包是点缀日常和旅行的重要单品。

百闻不如一见

旅行固然精彩，但听旁人分享自己的旅行经历也同样不失乐趣。

我弟弟是个运动员，但他极度不爱出门，一有机会便宅在家里。性格（生活方式？）有些难以形容。除了外出运动，休息日他一般都窝在家睡觉。

出乎意料的是，前阵子他竟然和朋友一起去了冲绳。我试着问了问旅行感受，他只是云淡风轻地说了三个字——很好玩，然后得意地向我展示起手机里的旅游照。

照片里一个人也没有，全是水族馆的鱼。我这位弟弟非常喜欢海洋生物，相比身边的朋友，他更愿意拍摄那些珍稀的鱼类。

难得去一趟冲绳，结果拍到的照片和在品川水族馆拍到的没什么两样。我感到有些失望。但很快我又重新调整好心情，问道："对了，你从记事起就没坐过飞机吧？不害怕吗？"

"当然害怕了！"弟弟没好气地说，"那玩意儿太可怕了。我前几天还去了东京晴空塔呢。"

"你什么时候去了那种热门景点！你不是不爱出门吗？胆子挺大嘛。"

"我朋友说想上去，我一个人在下面等不太合适吧。"

"然后呢？感觉怎么样？"

"当然是很害怕啊！那座塔真是可怕，太高了，我当时脑子里一片空白。只知道自己在一个很高的地方，内心害怕极了，只想早点离开那里。"

难得去一趟晴空塔，结果被他形容得跟爬了一趟自家屋顶没什么区别。明明可以分享一下看到了哪些景色，店里在卖什么，周围人是什么反应之类的。

我还是第一次遇到这么无聊的旅行话题，简直失望至极。弟弟没有理会我，继续发表起了自己的见解。

"偶尔去旅行确实会感觉很刺激，但非要选的话，我还是宁愿在家里睡大觉。"

你这人，真是没有一点旅游情趣！

我也从中吸取教训：相比听旁人分享旅行经历，还是自己出游更有意思。

护身符的良缘效果

　　旅行的另一大乐趣是买特产。把特产分给没有出行的朋友，可以与他们一起分享旅行的乐趣。即便没有外出，也能让他们感受到陌生土地上的浪漫。

　　想象一下，假设我是史前地球人，每天都要靠狩猎维生。某天我杀死了一头猛犸象，获得了它身上的肉，狩猎任务达成。我还顺带把狩猎途中见到的漂亮石子带回家（洞穴），送给了家人和朋友，并对他们说："哎呀，这次狩猎真是刺激。"然后边吃着猛犸象的肉，边庆祝这次平安团聚。得到石子的朋友就会下意识地想象猛犸象在远处的冰原上缓缓前行的场景吧。

　　在旅行地搜寻特产，是为了与等待着我们的人分享喜悦。如此想来，特产文化真是一样值得推广的东西。

　　但遗憾的是，我挑选特产的品位差得离谱。我喜欢选一些河童摆件或是小型泥塑之类的东西。但每次送出去，对方都会神色复杂地接过并道谢。为什么啊？明明很可爱呀！

为求稳妥，最近我把特产换成了美味的点心。虽然收到的人会开心，但总觉得太普通、太无趣了（但特产也没必要追求"危险刺激"）。

就在我倍感苦恼的时候，某天，我得知一个关系要好的同事（女性）打心底想要一段姻缘。我突然就有了干劲。当然，我不是想给她介绍对象，我要是有这本事，也不至于现在还单身。

每当外出旅行，我都会去挑选当地评价较好的姻缘护身符送给大家。有袋状的、粉色招财猫样式的、辣椒形状的……各种古老神社的姻缘护身符。同事每次收到我送的护身符，都会小心地放进钱包，或是挂在家里当装饰品。

两年过去了，护身符也该发挥效果了吧。我好奇地打听了一下她们近期的恋爱状况。结果同事回答："什么也没发生！可能因为你到处送姻缘护身符，神明那边吵起来了吧。"

我很想喊冤（可能神明们也这么想吧），但见她真的有些生气，我也只好道歉。

今后我会尽量挑选不容易出错的特产送给大家。

困倦的旅行

最近我总是犯困，不管睡多久还是觉得昏昏沉沉的，感觉平均每天要睡上十四个小时。在家工作的可怕之处在于，一旦开始偷懒，就停不下来。

这可不行。为了转换心情，我趁着欣赏红叶的游客大军到来之前，去了一趟修善寺。要是被家人发现我偷偷跑去泡温泉，那可就麻烦了。于是我叫上了母亲一同前行。

酒店的公共浴池为露天设计，房间里也有小型浴池。就这样，我们过起了无比悠闲的生活（虽然只有一天）。

但我的困意丝毫没有减弱，一进房间就打起了瞌睡。被母亲拉去露天浴池后，我站在寒冷的山风中洗头时又打起了盹。母亲拍了拍我一丝不挂的身子，呵斥说："别睡，睡着会没命的！"好不容易洗完澡，泡温泉的时候，我又不知不觉地沉了下去。咕噜咕噜……

灌进鼻子里的水瞬间让我清醒过来。刚刚真的差点死了，为什么不叫醒我啊！我看了看旁边的母亲，发现她正眯着眼睛，陶醉地眺望着傍晚的天空。兴许是温泉太舒服了，她彻底忘了旁边还有个昏昏欲睡的女儿。看来只能靠自己保命了。

刚做完这个悲壮的决定，一回到房间，我又开始犯困了。我昏昏沉沉地吃着女服务生为我们送来的配餐。与平时自己做的寒酸饭菜相比，这里的配餐实在是太美味了，我越来越有种在梦里吃饭的感觉。把最后的柿子甜点吃下肚后，我立刻躺进被窝呼呼大睡起来。

我没有吃配餐里的米饭……（当时连端碗的力气都没有了，直接跳过米饭，吃完甜点就去睡觉了）酒店老板后来似乎把我还没动筷子的米饭拿去厨房做成了饭团。第二天早晨一醒来，我便看到桌上整齐地排列着裹有保鲜膜的饭团，十分可爱。我感激地拿起饭团，大口地吃了起来。顺便把酒店配送的早餐也一起吃完了。我显然吃得有点多，可能因为睡太久了，肚子饿得厉害吧。

我在房间的浴池里泡了个澡，身体顿时暖和起来，体力也得到了恢复！困扰我多日的困意终于消除，我的大脑和身体也久违地清醒过来。温泉的力量简直太强大了。

至于母亲，那天晚餐后，她抛下睡得昏天黑地的我，又去了露天浴池泡澡。回来后在酒店看了会儿电视，夜宵吃了一个饭团（显然吃得有点多），一个人过得不亦乐乎。不得不承认，我们母女不管是在日常生活中还是在旅行途中，都很难步调一致。

父亲的潜力

　　我们去了群马县的谷川温泉。从酒店大厅可以眺望到远处的谷川岳。大厅设有一台大型望远镜,透过望远镜可以观察到云层间若隐若现的险峻山峰。竟然有人会挑战如此陡峭的山峰。看着看着,我忘记了时间的流逝。

　　那家酒店不仅景色优美,澡堂和配菜都无可挑剔。非要说有什么遗憾的话,那就是这次旅行我带上了父母……

　　这些年我带着母亲去了很多个温泉景点,但每次我都会严肃地告诉自己:跟父母去旅行简直太没意思了,下次一定要跟男朋友一起去!谁知今年,不只是母亲,连父亲也一起跟来了。有种离目标越来越远的感觉。

　　前往酒店途中,我和父亲围绕"谁来付住宿费"展开了激烈的拉扯战和攻防战。不过,最后我赢了。吃晚饭的时候,我们喝了很多酒。见父亲已经喝醉,我趁他放松警惕的时候说:"住宿费当然是老爸出对吧。"父亲下意识地回了句"嗯",我成功获得了决胜的证据。身为武将，怎么能在对战的时候喝醉，简直贻笑大方！我们平日可是时常锻炼自己的肝脏，父亲应该好好学习一下哦。

但父亲的实力也不容小觑。他平日洗完澡后，会在头上喷很多生发液，我和母亲一致认为那股味道非常难闻。里面混合了一股甜味和老人味，久了就会变成一股难以言喻的臭味。

所以外出旅行的时候，我一般会叮嘱父亲使用酒店提供的生发液。这次我试着滴了几滴生发液在手上闻了闻，有一股淡淡的清香，我和母亲都还能接受。

父亲泡完温泉后，满意地回到房间，按照我们叮嘱的那样，往头上喷起了酒店提供的生发液。结果……原本散发着淡淡清香的生发液很快变成了难以言喻的臭味！整个房间都是一股老人臭。

为什么？父亲是如何把宛若微风拂过高原白桦林般的清新香味，变成像是在梅雨季穿了三天没洗的臭袜子味的？他这是施了魔法吧。我和母亲彻底败给了"老爸"这副躯体里隐藏的巨大潜力。

看来让父亲喷什么牌子的生发液都毫无意义。

这是我通过这次旅行总结出的新发现。真心想招募男朋友！

尖石遗迹与绳文的日常

夏天已经离我们远去，提到今年（2013 年）的"暑假回忆"，我个人比较值得一提的是"尖石遗迹之旅"。虽然不是为了度暑假，而是出于工作需要去的，但整个旅程依然非常开心。

长野县茅野市的尖石遗迹曾发掘了大量绳文时代的居住遗址和陶器。尖石绳文考古博物馆展出了这些出土文物，当中包括国宝级土偶"绳文维纳斯"。

这里的绳文陶器数量庞大，许多器皿做工复杂，样式精美。令人忍不住为之惊叹。当中还有专门展示石棒（男性生殖器形状的石棒，大小不一，是绳文人生命力的表现？）的区域，看起来好似一座"蘑菇山"。哇……

参观一阵后，我对陶器的质量与数量感到惊叹，准备暂停休息一会儿。我来到宽敞的阳台上，发现一只蝉四脚朝天地躺在地板上，正不停地挣扎、鸣叫着。我本想帮它翻过来，可它挣扎得太厉害，我不敢触碰。

这是怎么了？就在我远远看着这只蝉的时候，馆内似乎到了午休时间，一名大叔模样的工作人员来到了阳台上。发现那只蝉后，他毫不畏惧地将它抓起，放到了栏杆上。大叔带着蝉一起，在阳台上眺望起了远处的树林。

但蝉不知是体力不支，还是没抓稳栏杆，再次摔到了地上，变得四脚朝天。大叔立即将它救起，再次放到了栏杆上（这次显然要更谨慎）。他用手指轻轻抚摸着蝉的背，目光看向远处的树林。蝉终于安静下来，跟着一起眺望起了远处的美景。

我不禁感慨：想必从绳文时代起，就已经存在过这种光景吧。但我并不觉得大叔做了什么难得的好事，他只是碰巧看到了这只身处困境的蝉，顺手救了它一把而已。也许在绳文人眼里，蝉是一种宝贵的蛋白质来源，见到就会直接抓来吃掉呢。

但即便如此，也能从中窥探出绳文人与自然界的动植物和谐共存的痕迹。大叔与蝉并排站在阳台上，眺望着远处沙沙作响的树林。也许这种场景重复过成千上万次吧，而我们正是用这种方式生存了下来，并将继续生活下去。

摔跤是异次元旅行

我去了一趟两国国技馆，这是我第一次来这里。不过，我并不是去看相扑比赛。说来遗憾，我从来没在现场看过相扑比赛。

我应朋友之邀观看了"新日本职业摔跤大赛 G1 CLIMAX"（2015年）。这是我第二次在现场观看摔跤比赛，如果说错了一些术语，还请见谅。

哎呀，真是太精彩了！许多女粉丝和家属也加入其中，一齐为这场激烈的对战欢呼喝彩。这里允许吃东西，可以在座位上放上啤酒和零食，体验一把野餐的感觉（但因为场上接连出现精彩的绝杀场面，我看得太入迷，啤酒也从冰的变成了温的）。

从下午三点开始，整场比赛持续了三个多小时。我看过很多场比赛，但从来没有觉得时间过得这么快。我全程不住地大喊"呀，看起来好痛！""天哪！"之类的，连嗓子都哑了。最后是棚桥弘至选手和中邑真辅选手的冠军争夺战，即便是外行人也能感受到赛场的焦灼感与紧迫感，简直太精彩了。我和同行的朋友都感动得热泪盈眶。我比较支持此次遗憾落败的中邑选手，但这场比赛的意义已经超越了胜负。我在台下看得热血沸腾，甚至能从中感受到美好、强大与遗憾，着实是一场精彩绝伦的比赛。

摔跤粉丝似乎并不在乎输赢，大家会毫不吝啬地为表现精彩的选手送上热烈的掌声与喝彩。不只是体格强壮、技术高超的选手，那些幽默风趣、全心全意热爱摔跤的选手也同样深受粉丝喜爱。这也恰恰说明价值观是多元化的，而这也正是摔跤比赛最打动我的地方。

体型各异、各具特色的选手在擂台上大展身手，或是在空中翻腾，或是使用略显卑劣的手段，使得现场笑料百出、热血沸腾，没有比这更激动人心的娱乐项目了。受到那样猛烈的击打和摔投，换成普通人恐怕早就没命了吧。感觉多看摔跤手充满威压感的强壮体魄可以延年益寿。不过，这是祭拜金刚力士像的老太才会说的话吧。总之，这是一次十分美好的体验。

看完超人们的精彩表现，我怀着像是经历了一场异次元旅行的心情离开了国技馆。今后我还会继续去观看摔跤比赛，国技馆的氛围真是太好了，不过下次一定要去现场看一次相扑比赛。

附言：后来，我又看了几场相扑比赛。横纲①（当时）白鹏的皮肤质感以及他庞大的体型给我留下了深刻的印象。他身上的肉看似柔软，其实十分紧实。他在比赛前安静而紧张的样子如同一尊美丽的佛像。白鹏的相扑备受争议，但不得不承认，他确实有着极具说服力的体魄和气场，即便是我这种外行人，也能切实地感受到他"强大的实力"。应该没人敢在路上鲁莽地挑衅白鹏吧（即使他不是相扑选手的

---

① 横纲是日本相扑选手的最高头衔，在日本民众心目中具有崇高的威望。

打扮）。

总结一下，我至今为止觉得最为精彩的三大娱乐项目分别是宝冢、EXILE、新日本职业摔跤比赛（顺序没有先后），至于有什么共通点，大致有以下几点。

第一，舞台上的人由内而外散发出的光彩令人惊叹，物理照明也独特而耀眼。

用宝冢举例更容易理解，即便舞台上的灯光转为暗蓝色，演员的脸也一样能看得很清晰。还有，首席男役在银桥上唱完后，灯光会伴随余音逐渐转暗，与此同时，追光灯的范围逐渐缩小，慢慢只能看到男役的脸，最后彻底消失。我只在宝冢见过那种灯光效果，不得不佩服灯光师的技术。总之，灯光的明暗与快慢能营造出绝妙的节奏感，更能带动现场的气氛。每次我都会不禁感慨：不愧是专业灯光师，总是能最大限度地放大演员身上的光芒，真的好喜欢。

光芒（包括物理灯光）非常重要。

第二，我逐渐摸清了自己的喜好。在娱乐方面，我很少去支持那些"不完美的人（技术、专业技能等还有待提高的偶像和演员）"。

有些人喜欢在早期阶段挖掘一些有潜力的演员或偶像（也就是人们说的璞玉），然后慢慢地等他们成长，为他们的成功感到喜悦。但我缺少发现他人优点的眼睛。可能因为心胸狭隘吧，我只爱追随那些"专业实力派"。我十分享受那种内心被完美舞台或是比赛征服的感觉。希望舞台上的人能用实力说服我，让我心甘情愿地趴在地上说："谢、谢谢您让我看到如此精彩的表演……"（写到这里，我已经开始激动了）

看新日本职业摔跤比赛的时候，我基本就是这种状态。除了选手接连使出足以让普通人丧命的超强技能外，现场解说也非常能带动观众的情绪。让我不禁感慨：不知道这些人经历了多少训练和实战，才能达到这样的表演效果和服务精神。真是令人佩服。

无懈可击的专业素养，这点也非常重要。

第三，最后必须提一下白鹏身上散发的"佛像感"。

佛像自带光环，拥有让人顶礼膜拜的肉体美。而肉体美是专业能力的体现。职业摔跤手和EXILE都拥有肌肉系肉体美，从他们身上很容易感受到"佛像之美"。那身材苗条的宝冢演员呢？在我看来，他们像平等院凤凰堂墙上的雕塑——"云中供养菩萨"。这五十二尊菩萨身形相对纤细，曲线更为柔和。有的架着筋斗云翩翩起舞，有的弹奏着某种乐器。宝冢演员身上的气场与之十分契合。简直太难得了。

总之，我在看这三类娱乐项目的时候，每次都被他们的专业技能震撼到五体投地。因为现场的物理灯光太耀眼，每次看完眼睛都隐隐作痛。也许佛教传入日本时，日本各地的居民也是这种感受吧。音乐（诵经声）和闪耀的灯光（佛像和装饰品）在昏暗的东京圆顶式建筑（寺庙）中回荡、交织。随后，一场精彩绝伦、震撼人心、仿佛存在于世俗之外（曼荼罗①之类的）的表演正式上演，任谁都无法抗拒吧。

佛教太神奇了！三大娱乐项目太精彩了！两种心情的唯一区别在于是否有信仰吧。不，娱乐项目特别费钱，一想到这里（布施），突然又觉得两者似乎也没有太大差异。

所以，娱乐项目也存在风险。很多人经不住美色、灯光和音乐的诱惑。如果把这些元素巧妙地结合在一起，很容易让人产生一种恍惚感，引诱人们产生一些不好的想法（比如排他思想）。

---

① 曼荼罗是密宗本尊智慧和威德的象征，其图绘显示出佛教宣扬的宇宙真理，是修行者在精神世界中与神灵沟通交流、获得神力加持的场所。

于是我会非常警惕，即便在观看三大娱乐项目的时候，我也会每个小时对自己说一次"千万别上当哦"。但因为舞台上的他们实在太耀眼，我最后还是会心甘情愿地缴械投降。"宝冢、EXILE、新日本职业摔跤比赛"是宣扬人性善良部分的健康娱乐活动，没办法让自己保持清醒也没关系吧。不过，看完后我会反复回味，然后思考我刚刚看了什么。如果当中有让我觉得不适的地方（很少有这种情况），我会思考为何会有这种感觉。

终于发现了御宅族的特长——反刍和分析！正因为热爱娱乐项目，才会乐此不疲地回味。正因为信任娱乐的力量，才会时常去思考当中可能隐藏的危险。

父亲的沐浴仪式

我家每年会有一次家庭旅行，我本不想让这件事变成惯例，但不知为何，它却成了我家的例行事项。这次我和父母一起去了汤河原的温泉酒店。

起因是父亲。某天，我外出回家后，发现我单独居住的房子被打扫得干干净净。我顿时心想：该不会进小偷了吧？可小偷会好心地把我房间的废纸和杂志都打包捆好吗？我思考了一会儿，连忙给住在附近的父亲打了个电话，结果他说："我见你没在家，就顺路过去看了看，发现房间里脏乱不堪，于是就帮你收拾了一下。"

好丢人……我本想道声谢，但父亲打断了我，在电话那头说："哎呀好痛，因为打扫得太卖力，我的腰痛又复发了。感觉只有泡温泉才能养好了。"

我这老父亲是怎么回事？一大把年纪天天吵着要女儿带他去泡温泉。不过，他确实为我做了很多，于是我决定带上母亲一起去泡温泉。真是的，不过是帮我打扫了一下卫生，我也太亏了吧（而且我没要他打扫呀）。

这是我们第一次去汤河原，那里真是个不错的地方！海滩附近有一个坡道，穿过坡道可以看到前方郁郁葱葱、连绵起伏的群山。汤河原既属于休闲区，也属于住宅区，所以车站前十分热闹。在这里可以边泡温泉，边品尝各种山珍海味。

我们这次订的酒店房间带有一个小小的露天浴池，我们三个一有机会就会去抢位置。三个人住一起，总免不了为争夺浴池展开激烈的争吵。

最后，父亲败下阵来，排在了最后。我和母亲洗完后，惬意地在窗边乘凉。余光中，父亲正舒适地泡在浴缸里，嘴里陶醉地念叨着"呼啊"。

"啧啧，简直不忍直视。"

"泡澡水溢出来这么多，早说了要他减肥。"

父亲没有察觉到我和母亲在偷窥，开始剧烈地揉搓起自己的头皮，像遇到无法解开的谜题，为此倍感苦恼的哲学家（而且是很胖的那种）一般。

"他这是在干什么？"

"八成是在激活毛囊吧，他可是比谁都在意自己那点发量。这些倒无所谓，就是能不能每次泡完澡后，把掉在浴缸排水口附近的头发给我收拾干净。"

通过这次的春季温泉旅行，我意外地了解到了父亲的沐浴仪式。

富士山之爱

我去了静冈县采访。那是四月的一天，天气非常晴朗，我刚走出新干线的新富士站，富士山便赫然挺立在我面前。

哇！太宰治曾在书中用反讽的语气说"富士山是一座鄙俗的山"，如今亲眼看到富士山，还是会忍不住惊叹。今年（2014年）降雪较多，富士山有一半依然被白茫茫的积雪覆盖。今年开放的时间比往年要晚，据说静冈县那边要到七月十日。

可能因为当地人看习惯了富士山吧，他们不会停下脚步惊叹，只是神色淡然地快步离开，真是又酷又有个性。我顿时为自己大呼小叫的行为感到有些难为情，但后来还是故作镇定地上了出租车。

意外的是，司机先生（当地居民）特别喜欢富士山，一路上滔滔不绝地跟我分享他与富士山的故事。太好了，原来有人即便看习惯了，也依然会被富士山的气势所折服。

司机先生说，富士山上非法扔垃圾的行为屡禁不止。

"虽然比以前要好一些，但还是很严重。"司机先生说话时，句尾还带着特殊的口音。

"一般都扔什么呢？"

"车子、家电、被子之类的，什么都有！我见过最夸张的是，有人用垃圾袋打包扔了一袋黑色裤子，看起来像中学生的制服裤。"

大约二十年前，司机先生和同事一起去山上维护树林，意外发现了那一袋垃圾。

"里面的裤子都是新的。年轻同事试了一下，感觉还不错，于是拿了几条回去送朋友。"

"那你呢？"

"我也试了一下，但因为我有糖尿病，完全穿不进去，真是可惜。那些裤子的做工和材质都很不错，看起来很新，为什么要全部扔掉呢？"

司机先生对那些不爱惜货物的非法商贩感到极度不满，同时也担心这些人会继续在富士山脚下肆意妄为。

司机先生说，在他上初中的时候，那会儿富士山还没有修建登山道，他为了登上富士山，还在山上住了两晚。

"当时我在背包里塞满了醋饭团，因为带其他食物容易变质。"

"登山的时候一直吃醋饭团吗？背起来很重，吃多了也会腻吧……"

"吃着吃着，背包就变轻了，这倒没什么！而且风景是最好的下饭菜，我很享受。"

司机先生得知我没爬过富士山，连忙推荐说："一定要去爬一下，现在可以乘车到半山腰，很轻松的。"他果然对富士山爱得深沉。

附言：关于司机先生的口音问题，可能有读者认为这是为了增加故事的戏剧性而虚构出来的东西。其实并非如此，司机先生确实有口音，只是我不确定那究竟是静冈（或者司机先生老家）的方言，还是司机先生独有的说话习惯。但他说话的方式诙谐有趣，给人一种诚实大方的感觉，真的很有个性。

我至今还没爬过富士山。除非能乘车前往山顶，否则我这辈子都不会考虑。不过，乘车去山顶不算"爬山"吧，我是有多不想动啊。我边念叨着高柳克弘[①]的名句"遥望广阔天空，满是无人涉足的冬日繁星"，边站在京王线八幡山站的月台上，远远地眺望夕阳下的富士山。

---

① 高柳克弘，1980 年 7 月出生于日本的静冈县，是日本小有名气的俳句诗人。

濑户内的两次偶遇

我去了爱媛县出差。在网上查询前往爱媛的路线时，上面建议"最好乘飞机前往"。

这我知道啊，但我害怕坐飞机！于是，我先乘新干线到广岛站，然后从广岛港乘坐"Super JET"高速轮船前往松山观光港。乘高速轮船穿越濑户内海大约需要一个小时十分钟。

从广岛站到广岛港可以乘路面电车。我在松山时就觉得，路面电车报站时的蜂鸣声十分特别。它不是那种轻快（清脆）的"叮咚"声，而是"嗡"或者"嘀"之类的老式提示音。像是在对司机说："鄙人决定在前方下车，烦请司机先生靠边停车。"司机先生露出一副了然于胸的表情，亲切而友善地服务着乘客，一切都是那么和谐。

就这样，我抵达了广岛港，乘上了"Super JET"。因为当时是周六，船上人特别多。当中有一家人准备去参加亲戚的婚礼。广岛和爱媛中间隔着濑户内海，无论是从地理、历史还是风俗来看，两个地方都十分接近。

最常见的是朝圣者。他们或身着便装，或身着白衣，时常手持细长的手杖，很容易辨认出来。有些人会把手杖装在细长的锦袋里，这说明他们不是第一次造访四国，平日在家也会小心地把手杖收好。

当中有一位神色疲惫的中年妇女，似乎是独自来朝拜的。她身着白衣（并非朝圣者专用的白色服装，而是自己挑选的白色私服），像是早已习惯了旅行。她正站在船尾，凝视着窗外的大海。此刻的濑户内海如湖水般平静。

是什么驱使她前来朝圣的呢？我感到十分好奇，但此时"厕所使用中"的提示灯熄灭，我连忙站了起来。接着，她也站了起来。我们互相让了让，最后我让她先进了厕所。难怪一脸疲惫，原来是憋尿导致的……

说来也巧，在回程的高速轮船上，我再次遇见了她，而且又是在厕所前。我们再次相互礼让，但这次她让我先进了厕所。

选的船次、上厕所的时间都出奇的一致，我们上辈子该不会是姐妹吧？想来真是不可思议。

天空之城的作诗之旅

（前篇梗概）我从广岛乘坐"Super JET"高速轮船成功抵达爱媛县！（没想到一句话就总结完了）

这次去爱媛县是为了参观别子铜山（新居滨市）。这处铜矿于1690年被发现，一直运营到1973年关闭。别子铜山的产铜量在日本首屈一指，陡峭的斜坡上修建了许多供矿工及其家人居住的简陋房屋，远远望去，如同一道道阶梯。高峰时期有近四千人居住在这些房屋里，着实令人震惊。为免去上下山的麻烦（毕竟下山要走几个小时），附近还修建了学校、医院和商店。

如今别子铜山早已停业，现在被开发成了一处旅游景点，游客可以在这里近距离欣赏"近代化产业遗产"。因其与印加帝国的山顶城市颇有几分相似，因此这里也被人称为"东方马丘比丘"，是一处人气颇高的旅游景点。

话虽如此，等到了那里，您肯定会失望地说："这哪里是马丘比丘！"但相信我，别子铜山绝对值得一看。虽然我没去过马丘比丘，没办法将二者做比较。但铜矿的规模、坑道、砖砌变电站以及酷似城墙的巨大矿石仓库遗址绝对令人叹为观止。从山上眺望的景致也十分壮观。到了四月底，遗迹被无数绿植覆盖，宛若"天空之城"中的场景。

但我去别子铜山不只是为了看风景，更是为了写诗。

说来有些难以启齿，我最近加入了短歌和俳句的圈子（至于为何会觉得"难以启齿"，是因为我创作的短歌①和俳句②非常糟糕……想必大家都懂）。某天我对同伴说："不如去旅行一次，围绕旅途中的风景作诗吧。"同伴激动地回答："好啊，那我们去游览遗迹吧！"于是，我们二话不说去了"东方马丘比丘"。

然后，还有一件事没告诉大家，这次旅行还有几个人同行。之所以没提这件事，主要还是因为大家一门心思地想着"创作短歌和俳句"，完全没闲情做自我介绍。大伙一会儿做笔记，一会儿拍照，负责带路的导游讶异地说："还以为旅游作诗是件优雅的事情呢……"看来我们确实太拼了。

不过到那后，大家你一言我一语地说"哇，好像'天空之城'啊！""这是什么花呀""我摆好姿势了，帮我拍张照"之类的，压根没心思作诗！后来也一个劲地回味旅途的美景，不住地惊叹"真是个风景优美的地方"，完全把作诗的事情抛在了脑后。简直是一场梦幻般的作诗旅行……

附言：短歌和俳句圈子的成员大多都是专业俳句作者和短歌作

---

① 短歌是一种日本传统定型诗，格式为"五－七－五－七－七"的排列顺序。
② 俳句是日本的一种古典短诗，由"五－七－五"顺序排列，共十七字音组成。

者。我这些年很少参加活动，顶多每个月参加一次聚会，大家一起愉快地吟唱短歌和俳句。然后每几年会外出旅行一次，借此寻找灵感。至今为止，我们前后去了三次别子铜山、竹田市（见后文）和宫崎。每次大家都会把自己想到的短歌、俳句或随笔写到笔记本上。一群自由奔放的人共同踏上一场自由随性的旅途，简直是一大奇迹。

我对创作短歌和俳句几乎一窍不通，不过从宅文化的角度来看，这就等于旅行完后写同人志 ① 对吧。在我眼里，他们算是短歌宅或者俳句宅，这么理解也完全没问题吧？不管是哪个圈子的御宅族，都喜欢创作同人志作为纪念！

接下来分享一首我在游览别子铜山时有感而发的短歌吧。先提一句，其他人创作的短歌和俳句都非常出彩。

下界，恋爱，被濡湿的手帕，悬挂在无人知晓的屋檐下。

请多包涵。我只能理所当然地安慰自己：读书写字谁都会，但不是每个人都能创作出惊艳的短歌和俳句。

① 同人志指一群有共同爱好的人对漫画、动画、游戏等作品进行二次自主创作得出的作品。

翻滚的藏王温泉

　　我去了山形县的藏王温泉。那里有一个名为"上汤"的公共浴池，只需两百日元就可以享受矿物质丰富的温泉。费用写在入口处的盒子上，来客可以自由进入，像一个无人值守的菜市场。

　　建筑散发着木头的清香，浴池很宽敞。里面没有淋浴区，用水冲一冲身体就可以进浴池了！

　　温泉水偏白，看起来有点混浊。据说这里的水呈酸性，可能具有一定的刺激性，我刚进浴池没多久，便不停地嘀咕"好烫好烫"，过了好一会儿才习惯里面的水温。浴池里有一位时常光顾这里的中年女性，她说："如果身上有哪个地方不小心擦伤，泡温泉会疼得跳起来。"真是危险的温泉……但真的很暖和！后来，我去了温泉街散步。当时正值寒冬，但我丝毫不觉得冷。多亏了温泉，我感觉全身都暖烘烘的。

　　不过，令我感到惊讶的是积雪的厚度。我刚去那天天气晴朗，但屋顶的积雪足足超过了五十厘米。而且积雪层层叠叠，如同蜿蜒起伏的波浪，简直太壮观了！我兴奋地四处拍照。家家墙壁上都贴有"注意头顶"的提示语。我好奇地看了看头顶，发现屋檐下垂着无数根冰柱。我激动地大喊了一声"危险"，继续不断按下快门。

对那些常年住在多雪地区的人来说，这可不是什么值得高兴的事情。因为他们要花费大量精力去铲雪和扫雪。但我还是难掩激动，说来真是丢人。冰雪的气势和魄力莫名地感染着我。可能因为人类从冰河时期幸存下来后，原始记忆中本就留存着对冰雪的热爱吧。

由于体力和精神的双重消耗，我顿时感到饥肠辘辘，于是进了一家荞麦面店。店里有一道料理叫"肉酱汁凉拌面"，大冬天的还有凉面？我怀着好奇的心情点了这道料理。起初我猜应该是荞麦面上浇一点冰凉的酱汁，但实际端上来的面看着很像拉面（但酱汁是冷的），酱料的味道有点像盐味拉面，肉吃起来有点像叉烧（但用的是鸡肉），不过面用的还是荞麦面。

嗯，这是我第一次吃这种荞麦面……好好吃！浓郁的酱汁与爽口的荞麦面完美地融合在了一起！

我津津有味地吃完，擦了擦额头上的汗。我现在终于明白为什么他们全年都有"凉面"这个选项。因为店里炉火烧得很旺，坐久了甚至会有点热。不只是游客，当地居民应该也会经常泡温泉，身体时常处于暖和的状态。如果再吃上一碗热腾腾的荞麦面，怕是会热到受不了吧（我也是后来才知道，这道料理是山形县的特色）。

真是一段温暖舒适的雪国冬日时光。

熊本城与太平燕

又回到了面条的话题，我似乎对面条情有独钟。仔细想想，我在家也经常吃乌冬面和意大利面。因为只需要一个碗就行，简单方便。

但听说小麦粉吃多了容易发胖。就在我倍感苦恼的时候，我突然得到了一个好消息。我去熊本出差的时候，出租车司机说："这位客人，你吃了太平燕没？"什么是太平燕？见我满脸问号，司机先生耐心地告诉我了这个词的汉字写作什么，以及哪些店的太平燕比较有名。

"有点像长崎焖面，只是把面换成了粉丝。粉丝用绿豆做成的，热量很低。"

听完司机先生的介绍（尤其是热量的部分），我决定一定要去尝尝。

忙完工作的第二天，我先去熊本城逛了逛。那里来了一大群中国和韩国游客，正在那兴高采烈地拍照留念。

我远远地看着他们，内心不禁感慨：韩国的老年夫妇真是恩爱，拍照时会搂着对方，愉快地摆着拍照姿势，脸上带着无比明媚的笑容。

曾听人说韩国是"亚洲的拉丁美洲",意思是韩国是一个热情奔放的国家。原来是真的。

受到他们的恩爱攻击后,我顿时感觉饥肠辘辘,于是决定去吃太平燕。途中我不小心迷了路,差点以为自己永远走不出熊本城所在的那座山丘。

我平时一般只走三百步左右,那天光是上午就走了一万五千步。我差点饿到灵魂出窍。其实那家店就在繁华街,地方很好找,怪我自己方向感太差。

就这样,我顺利吃到了太平燕。味道滑软爽口,汤汁香醇浓郁,非常好吃!粉丝的口感也十分顺滑。我另外还点了啤酒和点心(难怪会胖),幸亏太平燕里面是粉丝,我才没有消化不良。

店里不仅有游客,还有很多当地居民,而且基本每个人都点了太平燕。太平燕果然深受欢迎啊。不过这也难怪,毕竟这道料理健康又美味。而且没有多余的讲究,直接盛在大碗里,非常适合趁热吃。因为吃得太投入,我的脸上满是汗水。我擦汗的时候,顺势看了看旁边的座位。那位大叔也正用手帕擦拭鼻尖的汗水。目光相遇后,我们相互点了点头,借此表达对美食的肯定。

荒废的城市与隐蔽的天主教堂

　　我去了大分县的竹田市。冈城的城下町 [①] 四周青山环绕，像极了《进击的巨人 [②] 》中的城市。（不同于漫画中那座城墙高筑的城市，这里不用担心巨人的袭击，是一个十分平和的地方。）小小的城下町内留存着许多古老的建筑，显得宁静而舒适。

　　竹田市老龄化问题日渐严峻，但最近有不少年轻人被城下町的风景和当地人的品格所吸引，争相搬迁至此。这里有许多美味的餐馆和时尚的画廊，居民和游客纷纷聚集于此。

　　冈城遗迹宏伟而壮丽，是散步的绝佳去处。这里也是歌曲《荒城之月》的创作灵感来源之一（作者泷廉太郎小时候住在竹田）。在这番古朴的景色中，不时能看到狸猫或者果子狸啃咬掉落在地上的坚果。也许对它们来说，这里并非荒城，而是天堂！

----

① 城下町是日本封建制度下以领主的城郭为中心所发展出来的一种城市形态。

② 《进击的巨人》是日本漫画家谏山创创作的少年漫画作品，讲述了人类与巨人对抗求生的故事。

此外，竹田还留存着与天主教相关的遗物和遗址，有太多值得游览的地方，美到令人窒息。

十六世纪末，大友宗麟①的孙子接管了竹田地区。据说当时这里很多居民都是天主教徒。到了江户时代，即便更换了藩主②，宗教活动也仍在秘密进行，而藩主也几乎默许了这种行为。因为明治时代拆除冈城时，在城内发现了西洋钟和石像。藩主可能觉得稀奇，很想保留下来。但这东西十分危险，处理不好可能藩位不保。于是他想了个折中的办法，把这些宗教相关的东西藏了起来。当然，这些都是我的猜想。

竹田市有一处"隐藏的天主教堂"，不，确切来说，是一处"隐蔽的天主教堂"（可能因为当时的藩主默许这种信仰）。附近会免费发放用于介绍天主教相关遗迹的"游览路线手册"。我拿着手册，饶有兴致地参观了洞窟礼拜堂遗迹，看到了许多带有十字架图案的瓦片等。游览这处保留着诸多古老遗迹的城下町期间，我不住发出惊叹的声音。这里的布局确实很适合来散步。

城下町外有温泉、高原、牧场和清澈的泉水（真的有很多值得一看的景点），一次根本没办法逛完。难怪年轻人会争相移居到竹田市。这里适合不同年龄层的人游玩，下次做旅行计划的时候，不妨考虑一下这里吧。

---

① 大友宗麟（1530年1月31日—1587年6月11日），日本战国时代九州的战国大名，信奉天主教。

② 藩主是指在幕末时期拥有一定实力的封建领主。

胜浦的早市

我去了千叶县的胜浦。可能因为附近有一个大渔港，这里的寿司格外好吃。听寿司店的老板说，这里的鱼从来不进鱼缸，而且品种繁多、味道鲜美。

我住在海边一家超大的旅游酒店（因其广告歌曲而闻名）里，酒店大厅摆放着金属仙鹤立像（也非常大）等装饰物，飘散着浓厚的昭和气息，令人莫名地感到熟悉。

这里偶尔会有年轻情侣入住，但大多都是乘坐大巴前来度假的中老年团体，以及一些带着捕鱼设备的中老年男性团体。胜浦地区似乎是个捕鱼的好地方。大叔们兴高采烈地讨论着"今天的收获"。

时常能看到上了年纪的女性与好友一起愉快出行。不知道中老年男性一般都做些什么？我一直有点好奇。不过这次看到大叔们相谈甚欢的样子，我也终于松了口气，心想：太好了，原来中年男性也会和同性的好友一起去旅行。无论到哪个年纪，拥有志同道合的朋友都是件难得的事情。

第二天太阳刚升起，我便起床收拾好，饶有兴致地眺望起被朝霞染得通红的大海。窗外就是一望无际的太平洋。我突然兴致大增，兴冲冲地跑到酒店前的沙滩上，默默地捡起了贝壳。我喜欢在海边捡各种漂亮的贝壳和石头。我们的祖先还是原始人的时候，肯定也时常去海边收集食物吧。

捡了一小时贝壳后，我心满意足地离开海边，决定去逛逛胜浦的街道。

胜浦平时也有早市，街上摆有许多摊位，当地人会在这里出售新鲜的鱼、蔬菜和水果。还有各种干货、可以当场品尝的鱼骨汤、丸子等。还会出售用来制作花环的藤蔓和可爱的浆果，简直可以用"琳琅满目"来形容。

路上挤满了游客和当地居民，十分热闹。前来购物的当地居民还会大方地与摆摊的老太太分享"今天捕鱼的收获"。

真好啊。这里没有过度地旅游化，游客更像是偶然前来拜访的好友。而且不愧是一座面朝大海的小镇，居民的心胸也十分宽广。

红叶与大阪烧

如果要问我喜欢春天还是秋天，若换作以前，我一定会回答"春天"。因为春天是樱花和其他花朵盛开的季节，而且气温会逐渐升高，心情也会随之高涨。我一度认为，春天是个美好的季节（虽然会深受花粉症困扰）。

但近年来，我更喜欢秋天。我以前总觉得，看红叶根本毫无乐趣可言。直到前些天，我透过新干线的车窗看到漫山的红叶，不由感慨：好美的景致。难、难道是因为上年纪了吗……

从车窗望去，山上零星分布着一片片由杉树、柏树等组成的针叶林和落叶阔叶林，红叶并没有完全覆盖整个山头，但依然会让人觉得很美。各类树木与红叶交错分布，恰好形成一幅美丽壮观的山景图，可能连种植杉树和柏树的人都没想到会呈现出如此盛景吧。这种"在山间随手种植，意外收获一片自然美景"的感觉，真的非常打动人心。此外，因为人手不足，没来得及种植树木的山坡上似乎长出了许多落叶阔叶类树木。植物的生命力是人类所无法比拟的，想来真是有点悲哀。

于是，我怀着对秋季美景的向往，去了大阪出差。我在那里总共吃了三餐（早中晚），当中有两餐吃的是大阪烧。听着是不是有点没劲……

但没吃过大阪烧的话，就不能说来过大阪！在所有美食中，我最喜欢大阪烧。平时我一般不会对餐厅做功课，唯独去大阪的时候，我会提前搜索"大阪哪里的大阪烧好吃"。

这次我光顾了两家大阪烧店，两家做得都非常好吃。大阪不愧是美食之都！怎么选都不会出错。但因为我对大阪的路况不是很熟悉，寻找目标店铺费了好一番工夫。我带了一张事先打印好的地图（为了吃大阪烧，我真是拼尽了全力），但我不知道作为参照物的格力高招牌在哪。当时明明招牌就在我身后，我还站在那里不知所措。犹豫再三后，我决定去找路人打听。谁知刚一转身，我便看到了那块招牌。幸好找到了！不然回头肯定会被人吐槽"我怀疑你的眼睛长在了额头上"吧。

如梦似幻的银山温泉

我去了山形县的银山温泉。在那里，我见到了有史以来最厚的积雪，但旅馆的人说今年的雪算小的，他们每年都要费好一番工夫去扫雪和铲雪。

银山温泉是一个极具风情的温泉小镇。银山河的两岸并排伫立着许多三层或四层的木屋旅馆。屋顶呈三角形状，外墙点缀着色彩斑斓的浮雕画，看起来赏心悦目。夜晚，当窗户亮起灯时，皑皑白雪与漆黑夜空形成鲜明的对比，描绘出一幅静谧而梦幻的图景。

这里时常能看到外国游客的身影。一个来自泰国的小男孩（估摸是小学生）正乐此不疲地用手戳着地面积起的白雪。我明白这种心情！我也想在这松软的雪地上打滚，但我还是忍住了（大人真是不容易）。我一会儿逛逛特产店，一会儿去茶餐厅边喝咖啡边看杂志，就这样度过了一段闲适的时光。在特产店买的"久慈良麻薯"特别好吃，质地有点像栗羊羹，可以切薄了再吃（也可以稍微烤一下再吃）。味道有点像日式糯米团，口感十分软糯，让人欲罢不能。

几乎每家旅馆都住得很满。因为我是临时制定的旅行计划，最后也是好不容易才找到一家有空房的时尚特色旅馆。这是我人生第一次入住时尚特色旅馆，客房装饰十分前卫。电灯开关完美地与墙壁融为一体，不细看几乎很难发现。而且我始终没有找到保险柜在哪。这是忍者旅馆吗？看来我还是不适合太前卫的东西。

旅馆的配餐十分美味，还有几种不同的浴池可供选择。而且，所有浴池都可以从内部上锁，防止使用期间外人进入。可以怀着好奇的心情，尽情探索不同类型的浴池。非常适合不习惯大浴场或是想独自一人体验温泉的顾客。在这里，您可以悠闲地享受美好的温泉时光。突然觉得，旅馆选择多样化也是一件好事。

附言：关于本篇提到的时尚特色旅馆，因为大浴场配备的水龙头太过前卫，我始终不知道要怎么拧花洒才能出水。而且，连浴室都是采用时尚的间接照明设计，光线十分昏暗，很难看清水龙头复杂而奇特的构造。我一丝不挂地蹲在地上，瑟瑟发抖地在水龙头前研究了大约五分钟。这设计也太过分了吧。不可否认，那一刻我对时尚的东西怀有一丝怨恨。

即身佛①巡回之旅

　　大约十年前，我在三重县尾鹫市开展林业采访时，发现了一栋挂着"森敦②故居"招牌的房子。因为森敦有一部知名小说叫《月山》(月山＝山形县)，我一直以为他住在山形县。于是，我惊讶地对从事林业的大叔们说："欸？之前从没听说呢，原来他还在尾鹫生活过啊。"其中一位大叔面带微笑地回答："是啊，不过时间很短，听说他当时在电源开发公司上班。"从大叔的语气可以感受到，森敦当时在这里很受欢迎，也深受当地居民喜爱。

　　后来，我把高中时代读过的《月山》重新品读了一遍。高中时代的我不太理解书中想要表达的意思，如今重读一遍才发现，这确实是一部不可多得的佳作。不，甚至可以用无与伦比来形容。我当时之所

---

① 即身佛又名全身舍利，指修为高深的僧人圆寂后，在常态环境下化成的木乃伊。

② 森敦(1912年1月22日—1989年7月29日)，日本小说家。曾凭借小说《月山》获得第70届芥川奖。

以读不懂，可能还是因为年纪小，不懂事吧。

我调查了一下发现，森敦确实在 1957 年前往尾鹫，并在那生活了三年（他在《曾经的花》等作品里提到过尾鹫）。在那之前，也就是1951 年，森敦在《月山》的故事舞台山形县居住了一段时间，当时他才三十九岁。1973 年，森敦的作品《月山》在《季刊艺术》上得以发表，当时距离他留居注连寺已经过去二十多年。第二年，森敦凭借《月山》斩获芥川奖，当时他已经六十二岁。我这才明白，原来《月山》是经过漫长岁月筛选而出的创世之作。无论人类历史如何发展，都不可能再写出这种空前绝后的作品。即便是"略微相似"也很难做到。

顺带一提，《月山》是一部美丽而纯粹的小说，但当中也不乏惊险、恐怖的桥段。其中一个恐怖桥段就是"即身佛"，讲述了一个人不慎在暴风雪中丧命，后来他的遗体被加工成"即身佛（木乃伊）"，放在寺庙吸引游客的故事。

故事的发生时间比作品中的"现在"还要早十年，如今已经无从辨别真伪。现在也有可能存在这种事情，作者森敦应该是从村民那听说的吧。但也可能是作者为了写作凭空杜撰出来的。

不过，森敦曾经留居的注连寺确实有一尊名为"铁门海上人"的即身佛。铁门海上人是江户时代的人，去世后依然备受世人敬仰，是十分有名的即身佛。1960 年，学术界对其进行了调查，并确定其为铁门海上人的"即身佛"（详细见下文）。

森敦在注连寺生活期间发生了一件大事——铁门海上人的即身佛开光后离奇失踪（后来被安全找到并送回寺院，于 1960 年在寺院进行了学术调查）。那段时间，"铁门海上人的即身佛意外失踪"一事应该会引起热议，但森敦在《月山》中丝毫没有提及此事。所以，作品中伪造即身佛的故事变得真假难辨，甚至越发令人感到后怕。《月山》看似描写的是注连寺留居期间真实发生的故事，实则虚实参半。

修行者立志成为即身佛的前提是信仰修验道①，这种信仰在纪伊半岛备受推崇，地位足以与出羽三山②相匹敌。据说曾有修行者从和歌山县的那智胜浦渡海前往补陀洛山③。乘着小船出海，开启一场有去无回的旅途，与土中入定④的行为同等悲壮。尾鹫也是修验道的盛行地。森敦会选择在月山周边和尾鹫小住，是单纯的偶然？还是因为他对修验道存在某种兴趣？我研究得不够透彻，这点尚且无法解答。

重读《月山》的时候，我对铁门海上人之类的即身佛一无所知。但总莫名地感到熟悉，我小时候似乎在哪见过……

当时我随父母游览了一座昏暗的寺庙。我不明白什么是"即身佛"，于是询问了父亲。父亲解释说，即身佛就是高僧死前进入地下室，坐化形成的金身，也就是得道高僧的木乃伊。我当场吓得瑟瑟发抖。木乃伊也太吓人了，我可不敢看。但父亲丝毫没有察觉到我内心的恐惧，转身朝着即身佛走去。我也不想一个人待在昏暗的寺庙里，只好跟了上去。

我战战兢兢地看了一眼佛龛里的即身佛，他身穿金光闪闪的和服和袈裟，四周亮着微弱的黄色灯光或是烛光。佛龛前站着一位老婆婆，她正双手合十，虔诚地祈祷着什么。即身佛的本质虽是木乃伊，

---

① 修验道是日本传统禁欲主义中的一种，结合了汉传佛教和日本神道教的特点。

② 出羽三山是羽黑山、月山、汤殿山的总称，是日本古老的信仰圣域。

③ 佛教传到日本后，日本人将补陀洛视为观音的净土。当时日本存在一种名为"补陀落渡海"的极端行为，修行者从纪伊半岛的南端出发，前往观音菩萨的净土，但通常是有去无回。

④ 土中入定指修行者得知自己大限将至后，独自进入地下密室，开始绝食、诵经，完成最后的修行。死后三年挖出，经过处理后变成即身佛。

但奇怪的是，我一点也不害怕，甚至能从中感觉到宁静和温暖。我站到老婆婆身边，看着即身佛空洞的眼窝，初次体会到了什么叫"肃然起敬"。

至于当时具体去了哪家寺庙，我后来问了父亲，他也说记不清了。说起来，高中读《月山》的时候，也感觉"即身佛"三个字有些熟悉，但实在是不记得究竟在哪见过。

以尾鹫之行为契机，重读《月山》后，我再次对"小时候究竟在哪见过即身佛"的问题燃起了强烈的好奇心。话虽如此，但我也没有采取什么特别的行动。恰在此时，出于工作需要，我去了一趟山形（一年一度的出差旅行）。

说到山形，大多数人会想起月山。我也很想去爬一爬月山，但由于缺乏锻炼，我对自己的体能实在没有信心。后来，我在工作中遇到了居住在鹤冈的丸山二三先生，他热情地开车带我去了月山的八合目，还带我们游览了汤殿山和羽黑山。

山上景色优美，我本想亲自登上月山山顶看看，但丸山先生途中说的那番话吸引了我的注意：

在宽政时代，鹤冈有一个名叫铁门海上人的居民。他年轻时生性粗暴，一念之下决定去汤殿山接受严厉的修行。与他相好的妓女追上前劝道："不要出家，我们结为夫妻吧。"铁门海上人决绝地说"对我死心吧"，并割下自己的阳具交给了她。

"欸？这方法也太决绝了吧！"

"是啊，据说妓女带回的铁门海上人的阳具后来成了妓院保佑生意兴隆的吉祥摆件。那根阳具现在保存在鹤冈的南岳寺。"

"欸？阳具还保存下来了？"

"没错（语气平淡）。铁门海上人还在江户生活过，当时一种眼病在民间传染开来。铁门海上人挖掉自己的左眼祈祷后，这种病就消失了。"

"什么？"

修行到一定境界后，他们都喜欢通过自残来寻找超脱现实的感觉吗……铁门海上人还研发了捕捞章鱼的工具、修路工具等等，留下了诸多丰功伟绩，为世人所传颂。总之，铁门海上人是个把修炼做到极致，一心为他人着想的人。最后他绝食坐化，修成了即身佛。他的一生有太多值得传颂的佳话，如果把他的事迹写成小说，一定会有读者觉得"人设太不现实"吧。

"铁门海上人的即身佛在注连寺。"

"注连寺是森敦的作品《月山》的故事舞台对吧？"

那是我第一次得知铁门海上人的存在，自从读了《月山》后，我便对即身佛产生了浓厚的兴趣。

据说山形县除了铁门海上人外，还存有多尊即身佛。我一定要去看看。说不定当中有我小时候见过的那尊。我拜托丸山先生把熟悉当地的山和历史的稻泉真彦先生介绍给我认识。2019 年夏天，在两人的带领下，我参观了山形县的四尊即身佛。

我们先去了鹤冈市的注连寺。那是在汤殿山修行的僧人们的道场，正殿旁边连接一个两层楼高的库堂①。正如《月山》中描绘的那样，是一处庄严、气派的寺庙。

正殿左侧供奉着铁门海上人的即身佛。他的体格比想象中要更结实，这得益于他在山间的刻苦修炼。即便化作即身佛，他也备受敬仰

---

① 库堂主要用于存贮供品及住僧食物，相当于厨房。在部分小寺庙里，住持及其家人也会把这里当成起居室。

和信任。时常有人前来祈祷，因为大家依然相信"铁门海上人会庇佑众生"。

我后来请教了住持和他的妹妹。住持的妹妹说，他们把铁门海上人的即身佛当成家人一样爱护，还曾经详细调查过他的足迹（铁门海上人的真名叫"惠眼院铁门上人"，注连寺建议叫"铁门上人"，但本稿采用了民间使用较多的"铁门海上人"这个称呼）。据住持的妹妹说，当时进行学术调查的时候，之所以能断定这尊即身佛就是铁门海上人本尊，是因为这样一件事情：

铁门海上人曾在以注连寺为首的县内外各大寺庙内留下过自己的书法卷轴。有传言说铁门海上人其实不识字。卷轴上确实只有"汤殿山"几个字和落款，另外还写了几个常见的梵文。可能他只记得这几个字，于是写给了有需求的人吧。卷轴上还按了手印和脚印。上面的指纹与注连寺即身佛的指纹完全一致，由此可以确定，那尊即身佛就是铁门海上人。

顺便说下，当时也有人对南岳寺保存的铁门海上人的阳具展开了学术调查。结果发现那并非阳具，而是睾丸。不管是什么，割下来都免不了疼痛吧。后来相关人员对切下来的阳具（确切来说是睾丸）进行了调查，发现上面的血型与即身佛的一致，都是 B 型。但调查小组推测，南岳寺保存的睾丸不是在他生前割下的，而是成为即身佛后自然脱落的。"为了让妓女死心，割下阳具（或者是睾丸）交给她"这种事情不过是没有根据的传言。但因为铁门海上人深受民众的喜爱与敬仰，即便出现这种传言，大家也都见怪不怪，认为"这确实符合铁门海上人的行事风格"（南岳寺坚持认为那是铁门海上人生前割下的阳具，这里倒也没必要强硬地予以否定。前面也说过，因为不管是阳具还是睾丸，都不是常人敢随便切除的。即便"生前自宫"的事情只是传言，那也是一个十分贴合铁门海上人个性的故事）。

不管怎样，至少可以确定注连寺的即身佛就是铁门海上人。那对于《月山》中伪造即身佛的故事桥段，寺庙里的人是怎么想的呢？我感到有些好奇。但住持及其妹妹似乎并不怨恨森敦（寺庙内甚至设有《月山》的文学碑）。住持的妹妹在单独研究铁门海上人的时候，甚至还猜想：民间口口相传的那些铁门海上人的传说，会不会就是森敦"创作"的？这种观点十分新颖，我听完也是大受震撼，但这里就不过多表述。期待住持妹妹哪天以某种形式发布出来吧。

在注连寺可以买到在汤殿山修行时挂在脖子上的"七五三绳"。那是一种用麻绳（或纸）编织而成的精美装饰品，是住持的妹妹参照江户时代的七五三绳手工制成的，样式非常精美，据说还能驱邪。我买了一个挂在家里的书架上。

住持的妹妹胸前戴着一个兔子头形状的胸针，是用纸编成的，方法和七五三绳一样。我好奇地问了问，她回答说是手工做的。我特别喜欢兔子，于是激动地对她说："好可爱呀！要是做这个卖的话，肯定会很受欢迎的！"结果住持的妹妹把胸针取下来送给了我。怎么有种在讨要礼物的感觉，好丢人。但我非常高兴，现在依然在爱惜地使用着。在注连寺还能买到同样用七五三绳的方法编成的"吉祥兔"吊饰，也很可爱，游览的时候可以买回去当护身符哦！

接着我们去了鹤冈市的本明寺。群山环绕的拜殿内供奉着本明海上人的即身佛。顺带一提，这间拜殿是敬仰本明海上人的后辈——铁门海上人修建的。

但因为我们抵达时已是傍晚，拜殿的门早已关闭。正当我准备放弃的时候，稻泉先生走到稍远的库堂前，打开推拉门，朝里面说了声"请问有人在吗？"我好奇地问："你跟这里的住持很熟吗？"他回答说：

"不，一点也不熟。"那这也太冒昧了吧？我差点没惊掉下巴。稻泉先生却若无其事地走上前，恭敬地向屋里的女性说明了来意，恳求她让我们参观一下本明海上人的即身佛。那位女性好像是住持的母亲，她很爽快地为我们打开了拜殿的门，打开安置着即身佛的佛龛后，点燃蜡烛，双手合十，行了个礼后，对我们说了声"请便"，便离开了拜殿。

什么，面对身份不明的访客，竟然这么随和……而且，她还打电话给在附近上班的儿子（住持）说："有客人来参观了，快点回来。"

"这次是我们突然打扰，真是抱歉。"

"没事，不必在意。马上到下班时间了，他每天也是这个点回来。"

住持的母亲真是个和蔼可亲的老人。

本明海上人的即身佛是山形县内最为古老的即身佛，看起来高贵而沉稳。附近设有入定冢，一想到他曾在这里坐化，我便不由得肃然起敬。

我们参观了一会儿后，住持气喘吁吁地回到了寺庙。我连忙为自己的唐突低头致歉。住持同样亲切地说了声"没事，不必在意"。接着，他带我们参观起寺庙。寺庙里有一座可爱的木造钟楼，每到除夕夜，附近的居民都会来这里敲钟。住持说："老人和孩子爬钟楼非常危险，所以我打算在下面拉根绳子，方便大家敲钟。"

看来当地的人真的非常喜欢这座寺庙。

"您从出生开始就一直住在这间寺庙里对吧。自家旁边供着一尊即身佛，对此您是如何看待的呢？"

尽管知道有些不礼貌，但我还是忍不住问出了口。住持笑了笑说："对我来说是很平常的事情。我小时候以为每间寺庙都有即身佛。直到后来才知道，并非如此。而且那时我已经把本明海上人的即身佛当成家人一样看待。但至于我今后是否有修行成为即身佛的决心，还是个未知数。"

时代在不断变化，现在也没有修炼成即身佛的必要了吧。即身佛像是在静静地向我倾诉信仰的力量以及"普度众生"的慈悲之心。与此同时，我明白了一件事情：住持及其母亲会对每位来客如此友好，是因为他们把来客当成了本明海上人（家人）的客人吧。每当有家人的朋友来访，我们都会友好地上前打招呼，并热情地招待他们。他们亦是如此。对住持及其母亲来说，本明海上人就是"有血有肉的家人"。

最后拜访酒田市的海向寺时，我也同样感受到了"即身佛就是家人"的深厚情感。

海向寺位于酒田市的一处山丘上，里面供奉着忠海上人和圆明海上人这两尊即身佛。

但我们抵达的那天，即身佛所在的拜殿暂停对外开放，寺庙的人建议我们下次确认好时间再来。正当我打算放弃的时候，稻泉先生再次走向库堂。我本来已经不抱希望，谁知他把住持的夫人请了出来。夫人很爽快地为我们开了门。看着她离去的背影，我好奇地问："你们……很熟吗？"稻泉先生笑着回答："不，一点也不熟。"我顿时为稻泉先生的沟通能力以及寺庙人的友善之心感到折服。

我低头为自己的唐突道了声歉。夫人却说："没事，难得来一趟。"还亲自带我们参观了拜殿，并善意地提醒说："不过，不能拍摄两位大人的照片哦。"

"欸？还有人会偷偷拍照吗？"

如果是出于调查需要，在获得正式批准的情况下拍照倒还能理解。但我实在不明白，为什么会有人偷拍即身佛的照片？听说最近这种事情时有发生。

"因为照片显示不出两位大人的气魄，"夫人神色阴郁地说，"我不希望最后留给大家的印象是'很可怕'，所以一律拒绝拍照。"

偷拍还会涉及伦理问题，但相比这个，夫人更担心不上相……给人一种"我家老爷子明明和蔼可亲，拍起照来却非常吓人"的感觉，想想还挺有趣，不过我能理解夫人的心情。即身佛的尊贵和静静倾诉的感觉，只有面对面的时候，才能真切地感受到。对海向寺的住持及其夫人来说，即身佛同样是重要的家人。看到有人偷拍家人的照片，任谁都会想大喝一声"干什么呢，给我住手"吧。

忠海上人和圆明海上人并排坐在佛龛内，眺望着两人的身姿，我仿佛能感受到他们生前的性格。忠海上人散发着一种安静、威严的气场，圆明海上人则给人一种"很合眼缘"、亲切随和的感觉。

听夫人说，忠海上人（海向寺的初代住持）是武士出身，而圆明海上人（第九代住持）原来是农民。也许这就是为什么圆明海上人给人感觉更平易近人吧。不只是我有这种感觉，其他人亦是如此，时常有参拜过的人留言说：我回家后梦到了圆明海上人，他亲切地为我解开了烦恼。

"没有人说忠海上人为自己解开了烦恼吗?"

"说来真是不可思议，确实没有，"夫人面带微笑地说，"可能是忠海上人把对接任务全都交给了身为后辈的圆明海上人，自己只负责在一旁静静观望吧。"

夫人说，她感到迷茫和困扰的时候，也会向圆明海上人倾诉。果然已经把他们当成了"家人"呢。海向寺有两位伟大而可靠的老爷子，一个和蔼可亲（圆明海上人），一个安静严肃（忠海上人）。

为世人祈福，临终前主动进入地下室绝食，这该需要多坚定的决心和多崇高的信仰。我甚至在想：会不会有人进入地下室后后悔了呢？当然，实际情况无从知晓。

但至少在参观这四尊即身佛的时候，我丝毫没有感到害怕，反而能心无杂念地双手合十，平静地祈祷。然后，正因为被当成家人一样爱护，他们才能不断倾听来访者的愿望，亲自向世人讲述"何为信仰""何为普度众生"。

我小时候见过的即身佛不在这四尊当中，寺庙的布局、即身佛的模样也跟记忆中的完全不同。那我究竟是在哪见到的呢？我甚至没来由地想：难道那是一场梦？还是说，是前世的记忆？也许当时那个参拜即身佛的老婆婆才是我吧。

附言：由衷地感谢各大寺庙的热情接待。参观的时候，我没有告诉他们是为了取材。后来要写文章的时候才想起来联系他们。刊载到杂志上之前，我也找他们确认了一下内容，每次他们都会耐心地予以回复。真是给大家添麻烦了，我感到无比惶恐。

各位读者，如果有机会，不妨去参观一下即身佛吧。但事先要确认一下寺庙的开放时间哦（我还有脸说，太丢人了……）

第五章 那些小小的幸福与不幸

夜晚的意式水煮鱼

我喜欢各种酒精饮料，也颇爱各种美食。所以我对"下酒菜"没有太多讲究。哪怕是就着盐和味噌，我也能喝得很开心。不管是啤酒、日本酒、烧酒还是威士忌，我都来者不拒。

但自打在红酒专家冈元麻理老师的帮助下创作出《想和你一起在金色的山丘上打滚》(Poplar 文库出版，猝不及防地打了一波广告)后，我喝红酒的次数越来越多了。虽然创作了与红酒有关的作品，但说到红酒的品牌名称，我一个也没记住。即便如此，我还是喝得很开心。每天吃着美味的下酒菜，愉快地喝着红酒。后来我发现，"栗子涩皮煮"无论跟红酒还是白酒，都十分相配（红酒适合口味偏重的下酒菜。白酒则更适合辛辣爽口的下酒菜）。有机会的话，一定要试试哦。

不过，自己在家做栗子涩皮煮太麻烦。我干脆放弃，直接去店里买，或者去附近的日式餐厅现点。

有没有做法简单点的红酒配菜啊……我绞尽脑汁，最后想到了意式水煮鱼。不仅可以用到没喝完的白酒，而且做法超简单！不仅如此，还能营造出一种时尚轻奢的感觉，每当有朋友来我家做客，我都会把这道菜摆上餐桌（做法请参照本篇末尾）。其实做熟后要把整个平底锅一起端上餐桌，倒也没有多时尚。还有，每次我都会开新的红酒，到头来又喝不完。

为了用完喝剩的红酒，我一个人的时候也会做意式水煮鱼。做完又想喝红酒，然后又开一瓶新的，又喝不完，又拿去做意式水煮鱼，又想喝红酒（以下省略）。啊，这辈子都逃脱不了意式水煮鱼了。

做意式水煮鱼的好处是可以随意搭配食材。除了主要的鱼，还可以加入蛤蜊、冻鱿鱼和冻虾。蔬菜不仅限于西红柿，还可以添加洋葱、甜椒、绿叶蔬菜、蘑菇等等，只要是冰箱里有的，都可以一股脑儿地放进去，绝对不会出错。

另外，如果有剩余的汤汁，可以加点碎番茄调味，再拌上煮熟的意大利面，又是一顿美餐，太省事了！意大利面也可以直接用平底锅吃，可以把使用的厨具和餐具缩减到最少，又省去很多麻烦事。

用剩余的红酒做菜，用剩下的汤汁做意大利面。难道"Aquapazza"（意式水煮鱼）这个词的原意是"浪费"？比如：超市传单的背面可以拿来做笔记，丢掉的话太"Aquapazza"。意大利人是这样用这个单词的吗？原来不是啊……

我做意式水煮鱼的时候喜欢加一点凤尾鱼，所以每次都会多买一些储存起来。不过，不觉得罐装凤尾鱼（不是瓶装）跟罐装油渍沙丁鱼很像吗？（我好像听到有人说不像）我本来想买凤尾鱼，结果到家打开一看，是油渍沙丁鱼。这种事情发生过无数次，每次我都以为自己被狐妖蒙蔽了双眼。我明明买的时候从货架上拿下来仔细确认过了，为什么啊！

所以，我家时常会出现好几罐油渍沙丁鱼，我只好把油沥干，加点蛋黄酱和酱油，当下酒菜吃掉。当然，依然是放在罐子里，这样可以少洗一个餐具，对我来说非常重要。加点姜末也很好吃。

所以，我也是在写文的时候才发现，其实我并不在乎配什么下酒菜，对酒的种类也没有特别的要求，只要是酒精饮料，我都喜欢。对食材也从不挑剔。

◎个人版意式水煮鱼的做法

1.用刀把一瓣大蒜拍碎，放入平底锅内与橄榄油一起加热。同时，往鱼身上抹上适量的胡椒盐。如果使用的是全鱼，需要先请鱼贩或超市员工将鱼鳞和内脏去掉（不自己钓鱼的人可参考此食谱）。

2. 等锅里开始飘散出大蒜的香味时，将鱼放入平底锅，两面煎至金黄。

3. 往锅中加入小番茄等现有配菜，在配菜上撒入适量的凤尾鱼。

4. 立即加入水和红酒（1∶1 的比例，覆盖到食材的一半即可），盖上锅盖。炖煮五分钟即可出锅，其间注意防止汤汁溢出。

猫咪家族

时常有人把装满水的塑料瓶排成一排,堵住通往厕所的通道。第一次看到这个的时候,我有点惊讶,不明白为什么要在这种地方放塑料瓶。好在本大爷身体灵活,很轻松就能绕过去。但每次看到,我还是会忍不住感到恼火。

罪魁祸首显而易见,就是那个时常坐在窗边、身穿日式棉袍的女人。女人时常呆呆地望着窗外,每当我经过窗下的草地,都会好意提醒说:"喂,你该去工作了。"

谁知她竟然恩将仇报,做出这种不合常理的事来。多半是她不想整理买来的瓶子,于是随意丢在了外面(毕竟她一看就是个懒散的女人)。这样真的很碍事,能不能早点挪开。

而且,她为什么老是盯着本大爷看?每当我躺在树下乘凉,或是在屋檐下边晒太阳边整理自己毛发的时候,总是能感觉到她的视线,这实在令人感到不安。本大爷确实长得英俊潇洒,很容易让人看得入迷,但我还是想大喊一句"别走神了"!

不只是白天，晚上她也对本大爷格外着迷。她家的外墙上装有感应灯，每当有东西挪动，灯光就会自动亮起。后来我发现，她时常会躲在窗帘的缝隙后，一动不动地盯着灯光下的我，简直令人毛骨悚然。这和跟踪狂有什么区别。

但其实这个女人很傻，晚上时常睡得很死，丝毫察觉不到本大爷的存在。因为被塑料瓶挡住了去路，去厕所十分不方便，我一气之下，在她的窗户外拉了泡大便。休想小看我，整个地球都是我的厕所。但我做事小心谨慎，最后还不忘在大便上盖点土。

第二天中午，女人懒洋洋地醒来，想骑自行车外出，突然看到我留下的礼物，激动地大喊："呀！完蛋了！被报复了！"呼，别太高兴哦。我没有理会惊声尖叫的女人，转身穿过草丛，朝着空地走去。接下来我要去参加聚会。

确切来说，是以"聚会"为名义进行约会。我最近喜欢上了一个身材纤瘦、长相可爱的女孩。她对我说："亲爱的，明天有空来空地找我吗？"我感到非常开心，不对，是非常困扰。受欢迎的男人真是辛苦。

*

有几只猫经常从我们小区经过，光是我看到的就有四只。当中那只体型偏胖的茶色猫（我给它起名叫"潦草猫二世"，因为以前也遇到过一只花色和体形都十分相像的猫）非常目中无人。

这家伙经常在楼房的角落处大小便，我用塑料瓶挡住它的去路，它就跑到我房间窗户的正下方大小便。清理粪便的时候，我气得浑身发抖。我为什么要替你干这种擦屁股（名副其实的擦屁股）的工作啊！

从潦草猫二世的阴险报复行为可以看出，这家伙是个小人（虽然体形很胖）。每当在小区遇到其他小猫，它都会凶巴巴地把对方赶跑。明明可以友好地一起走过去。小猫（黑白相间）每次路过小区都吓得瑟瑟发抖，心里多半在想：要是潦草猫二世今天不在小区就好了。

前几天，我看到了令人震惊的一幕。潦草猫二世正坐在附近停车场的正中央。然后，它旁边竟然有一只漂亮的小灰猫。两小只看起来关系很要好的样子。潦草猫二世更是喜不自禁！

它对黑白猫可不是这个态度。对我也时常是凶巴巴的，还时常随地大小便，在美猫面前（可能是雌性）却这么绅士，真是气人。我试着叫了叫它的名字，但它连看都不看我一眼。似乎已经被旁边的美猫迷得神魂颠倒。

你小子为什么这么受欢迎？不过，我好像也能理解。潦草猫二世的行为举止充满了自信，总是能随心所欲地散步、打盹、打架和上厕所。它是一只流浪猫，天空下就是它的家。它诠释、讴歌自由的样子确实很酷（它体形偏胖，从人类的标准来看，长相也略显凶悍）。我下意识地叫出了潦草猫二世的名字，并朝那边看了看。今天它依旧神色高冷地穿过了小区，它的背影仿佛在对我说："我待会儿再来上厕所。"

附言：最近没有看到潦草猫二世，该不会死了吧……不对，肯定是跟着那只漂亮的小灰猫，厚颜无耻地跑去了人家家里。黑白猫终于可以大摇大摆地穿过小区，偶尔还会在树荫下休息。潦草猫二世退休后，小区周边的猫界也终于恢复了平和。看来潦草猫二世平日把大家欺压得够惨。

不过，潦草猫二世的血脉并没有断绝。最近，我时常在小区看到一只浅棕色的肥猫。起初我以为它怀孕了，但不管在哪个季节，它都是胖乎乎的。看来这家伙并没有怀孕，只是单纯的胖而已。你肯定是潦草猫二世的后代吧！明明是只流浪猫，却吃得如此膘肥体壮，平日肯定到处抢夺食物吧。不过，这只猫非常高冷，不管我怎么叫都没反应，这点跟潦草猫二世一样。潦草猫家族虽然心高气傲，但我一点也讨厌不起来。

玻璃弹珠与金鱼

　　小时候，我在一个平平无奇的鱼缸里养了几条金鱼。有些是我在神社的夏日祭上捞到的，有些是朋友分给我的。我在鱼缸的底部铺了一些碎石，还种了一些水草。看着金鱼在鱼缸里游来游去的样子，我感到非常快乐。

　　不过，即使是一个小鱼缸，对于学龄前到小学低年级的孩子来说，换水也是一项艰巨的任务。我先把金鱼转移到一个装满水的洗脸盆里，然后把鱼缸里的水放掉，拿到院子的水龙头下清洗。除此之外，我还要用滤网冲洗碎石。洗脸盆里的金鱼依然游得十分欢快，但我一点也不开心。

　　等到了水温上升的季节，我会小心地在鱼缸底部铺上我事先存放在罐子里的玻璃弹珠。这样不仅能给我和金鱼带来焕然一新的感觉，还能营造出凉爽的氛围，非常适合夏天。

　　我暂停清洗鱼缸，把玻璃弹珠撒在洗脸盆旁边，慎重地挑选起来。我也想过在室内做这些，但当时附近有很多流浪猫，把金鱼丢在院子里非常危险。最后，我在鱼缸的中间铺上金色的玻璃弹珠，再往周围铺上一圈蓝色玻璃弹珠。金色玻璃弹珠十分稀有，我把仅有的一点都献给了金鱼。

玻璃弹珠在底部的沙子里闪闪发光，营造出清凉舒适的氛围。金鱼似乎并没有察觉到玻璃弹珠的存在，但我非常满意。接下来又可以尽情欣赏金鱼欢快游动的样子。到了水温下降的季节，我会把不合季节的玻璃弹珠洗干净收好，没事拿来滚着玩。现在想来，虽然这么做对我和金鱼都不太卫生，但我还是连续几年坚持为鱼缸更换布景。

那些小小的金鱼让孩提时的我明白：每个人都有自己的嗜好和喜欢的地方，每个人都在努力地生活。同时也让我体会到了季节变换的乐趣和离别的悲伤。每当夏天来临，我都会想起在铺有玻璃弹珠的鱼缸里欢快游动的金鱼。

令人欲罢不能的美味

说来唐突，我很喜欢吃栗子。

小时候，每到秋天，母亲都会做栗子饭。但我还是觉得栗子直接吃起来更有味道。所以我一般会先吃掉米饭，然后再细细地品尝碗里剩下的栗子（我习惯把喜欢的东西留到最后吃）。

但做栗子饭的时候，剥栗子是件麻烦事。兴许是为了鼓励我，每次需要剥栗子的时候，母亲都会单独准备一些煮熟的栗子，用菜刀切成两半，然后用勺子把果肉挖出来吃。我每次都在一旁吃得津津有味。吃完煮熟的栗子，心满意足后，我便要开始剥栗子了。栗子这东西真是让人又爱又恨。

即使是现在，我去看望母亲的时候，偶尔也会看到她坐在那专心致志地吃着成堆的栗子，把我吓一大跳。本以为母亲是为了做秋天常吃的栗子饭，才特意煮了这么多栗子。后来才知道，并非如此。她只是单纯地喜欢栗子，一年四季，只要一有机会，她便会买来吃。

几年前，我在大分县的山间徒步时，发现山坡上有许多栗子，但比平时看到的栗子要小很多。同行的朋友告诉我，那是"柴栗"。好像是山上野生的，也许绳文时代的人也会吃柴栗吧。现在栽培的栗子可能经过了品种改良，果实变大了许多。

柴栗的个头很小，即便使劲用脚踩，也很难剥开。栗子的外皮有很多刺，扎得人生疼。后来我用树枝成功剥开外皮，露出了富有光泽的果实。个头大约只有人工栽培栗子的一半大小，但形状完全一样，看起来非常可爱。不过，壳上有个小洞，看样子已经有小家伙捷足先登了。擅自剥夺昆虫贵重的食物可不太厚道，于是我打消了把它们带回家的念头。不过，这些柴栗看起来味道很好的样子，我决定有机会一定要捡一些拿回家煮了吃。

但它们个头实在太小，我担心我会把整座山的柴栗吃光。每当见到栗子，我的自制力都会经受一番严厉的考验。

附言：我后来才知道，生栗子冷冻后放热水里浸泡一下，剥皮会更轻松（从网上看到的）。下次打算试一下，不过剥皮困难也有好处，不然我会控制不住自己，一次把栗子吃个精光。每次吃素面和栗子，我都要提前定好量，不然会非常危险。那些家伙会源源不断地钻进我的胃里。（素面和栗子大喊："才没有！那只是胖子的臆想。"）

娱乐礼物

我想做一个在挑选礼物方面非常有品位的人。

每当我收到精美实用的物品（比如色彩鲜艳的皮革笔筒）或是精致可口的点心，我都会开心地想：她真的结合我的生活和喜好，用心地为我挑选了礼物呢。而且我也能从中感受到对方的贴心，并对她心怀感激。

但我选礼物的品位堪忧，每次犹豫再三后，挑选到手的净是一些印有奇怪动物图案的 T 恤之类的东西。就算当睡衣穿，开门拿快递的时候，也可能会把快递小哥吓倒吧。我为什么要选那种东西啊。其实，起初我还觉得挺有意思，但冷静下来想想，作为礼物，这确实是一个失败的选择。

后来我反思过很多次，每次买礼物都会经过深思熟虑，但我选礼物的品位依然没有进步。也许，我不应该重视"趣味性"。而我之所以会这样，全都是因为小时候遇到的那位圣诞老人。

我一直觉得圣诞老人非常热情。每年圣诞节的早晨，我醒来后都会在枕头下发现手套之类的礼物（那些手套现在已经不合适了，但我非常喜欢，一直舍不得扔，现在仍小心地保存着）。不仅如此，圣诞老人还会给我留一封信，信里说着他非常忙之类的话。兴许是不想让人看到他的笔迹吧，信里的字有时是从杂志和报纸上剪下来贴上去的，有时是用打字机打出来的，有时又像是用非惯用手写出来的，字迹看着很是潦草。

如今想来，我都有点怀疑：那该不会是恐吓信吧？当时的我还很天真，收到信后非常开心。但我也是从那时候开始，脑中被植入了"礼物要有娱乐性"的观念，所以每次选礼物，我都会莫名地把"趣味性"摆在第一位，最后买到的净是一些奇奇怪怪的东西。（圣诞老人听到肯定会说："这事可不能怪我。"）

今后我会尽量结合对方的喜好挑选礼物，但我还是觉得，礼物这东西最好能给人一点惊喜，就像我小时候读到圣诞老人的信时一样。

正月^①的空气

在过去的这五年时间里，每到 1 月 2 日左右，我的鼻子便能感知到空气中飘散的杉树花粉。那时天气还很寒冷，称之为"春天"有点为时过早。每到那时候，我都得边打喷嚏边吃年糕^②，真的非常难受。

虽然鼻子会很不舒服，但我依然觉得正月是个神清气爽的时节。尽管空气中夹杂着无数细小的花粉，但依然会让人觉得清新舒适，真是不可思议。

不过，正月我一般会宅在家里，吃完煮年糕汤和年菜便躺在床上，度过一个正儿八经的"寝正月^③"。等出门时，已经是正月第三天，神社相对没那么拥挤，我会趁这时候去附近的小神社进行新年参拜，

---

① 日本的正月相当于新年，通常指每年的 1 月 1 日至 1 月 7 日，是日本重要的传统节日之一。

② 吃年糕是日本新年的传统习惯，有"煮年糕""烤年糕"等，做法多种多样。

③ 寝正月指正月放假期间宅在家里吃饭睡觉、看电视。越来越多日本人选择这种过节方式。

然后顺便去商店街散步。

正月的前三天，很多店都会关门休息，不过依然会有不少人在路上闲逛。可能跟我一样，是因为过年期间年糕吃多了，想出来散步消食吧。当然，这些都是我的个人猜想。不过，酒铺一般都会营业，我会顺路买点日本酒之类的，三号晚上就着年菜在家中小酌，算是为正月假期做一个总结吧。如果有"补充散步消耗的卡路里大赛"，我绝对能轻松夺冠。

年前 12 月 30 日那天，我在自家玄关前挂了一个带有兔子图案的新年装饰品。我喜欢兔子，即便不是兔年，我也照常用兔子款式。我也不知道重复使用新年装饰品到底好不好，总之到了 1 月 7 号，我便会把它们拆下来包好，存放到货架上，等到了第二年正月再拿出来。除了兔年，其他时候很难买到兔子款式的新年装饰品，这可是很珍贵的。不过，一般人不会十二年才更换一次新年装饰品吧。仔细想想，我现在用的也是十年前买的，竟然用了这么久，想来有点难为情呢。

取下新年装饰品的时候，我每次都会忍不住叹气。明明已经开始工作了，我却还在感慨：啊，今年的正月这么快就过完了。即便每天躺在床上无所事事，我依然会觉得正月的空气格外清新，实在不舍得告别。

附言：本书（日版）出版于 2023 年，也就是兔年！确认样书（校样）的时候是 2022 年 10 月，等新年一到，我就可以买新的兔子饰品啦，我已经在摩拳擦掌了。毕竟这机会十二年才有一次，我可不能错过。

无情的春日大战

我在阳台上种了许多植物，其中有一小盆草莓。每到春天，草莓会长出许多新叶，并开出漂亮的白花。

接下来才是关键，我每天早晨都会去阳台上检查草莓盆栽。乌鸦和鸽子时常会站在屋顶和电线上窥探阳台上新开的花朵。今年绝对不会让你们得逞，这可是我唯——株可以结出可食用果实的珍贵植物。

很快，植物结出了绿色的果实。过了几天，乌鸦和鸽子开始在我家阳台附近盘旋，可能是想趁我不注意的时候下手吧。为避免被它们夺走，我尽量把草莓的果实藏在叶子下面。

某天晚上，我心想着"草莓明天应该能吃了"，兴冲冲地回到卧室睡觉。第二天早晨，我照常走到阳台上，却发现被我藏在叶子下的草莓不见踪影！而且阳台的晾衣竿上留下了许多粪便。气死我了，我含着泪气呼呼地擦拭起晾衣竿。

这种事情在春季已经发生过三次。那些家伙起得特别早，而且非常善于分辨草莓的成熟程度。如果我提前下手，吃到的只可能是酸草莓。到时只能感叹一句"还没完全成熟"，然后放由它们继续生长。但再等两天，那些家伙就会把草莓偷个精光，只剩下晾衣竿上的一堆粪便。那些家伙着实厉害，总能知道果实什么时候吃最合适。

可我实在不甘心。某天天还没亮，我便站在阳台上，透过窗帘缝隙偷偷盯梢（是闲的吗）。阳台突然传来窸窸窣窣的声音，我猛地打开窗帘和窗户，朝窗外大喝一声，把一只大乌鸦吓跑了。盆栽里躺着一颗鲜红的草莓，上面有被啄过的痕迹。

犹豫再三后，我把草莓洗干净尝了尝（可能对身体有害，千万别模仿）。味道很甜。接连败下阵来后，我突然觉得跟乌鸦分享收获的喜悦也不失为一件美事。最近更是彻底顿悟：我种草莓就是为了给它们吃的。

附言：如大家所见，这盆草莓在第一章里也提到过。那时候还没遭到蛞蝓的袭击，我放心地品尝了上面结出的果实。现在想来，不仅是乌鸦，我还跟蛞蝓分享了春天的收获，想想真是奇妙。

记忆中的味道

　　小时候，我最爱吃附近一家拉面馆的拉面。那家店由一对中年夫妇带着儿子一块儿经营。用现在的话说，这是一家类似"町中华 ①"的餐馆，深受附近居民欢迎。餐馆空间很小，里面设有一个吧台和两张小餐桌，用餐时间总是座无虚席。

　　餐厅还提供外卖服务。面条汤汁浓郁，即便煮得有点烂，也不影响口感。夫妇的儿子主要负责送外卖，他皮肤白皙、体型偏胖，为人诚实稳重。小时候我总是盼着母亲点外卖。

　　有一次我得了腮腺炎，母亲见自己平时胃口极好的女儿突然茶饭不思，心里很是着急，于是为我点了一份拉面外卖。要是换作平常，听到店主儿子的声音后，我会飞快地冲向玄关。但那次我只能嘟着嘴，悄悄打开房门，窥探外面的状况（要是把腮腺炎传染给人家就不好了）。

---

① 町中华指从昭和年代（1926—1989 年）开始由日本人经营的平价中华料理店，特点是店小、便宜、量大。

送来的拉面被我三两下吃完了。我也不清楚得腮腺炎的人能否吃拉面，总之那次父母很开心。可能因为体力得到恢复，后来我很快便康复了。

那家店的拉面真的太好吃了。面汤是酱油味，拉面是手工制作的，比市面的拉面更扁，形状有点卷。

后来，我们搬家了。自那以后，我再也没吃过那家店的拉面。至今为止，也没有遇到过味道相似的拉面。二十多年过去了，某次我偶然去了一趟曾经居住的小镇，发现那家拉面店所在的位置变成了停车场。我去网上查了一下，发现那家店好像是白河拉面的加盟店，但我们曾经光顾的那家店已经彻底关门了。

现在我仍然会时不时地对家人说："啊，好想吃那家店的拉面啊。"但遗憾的是，那种味道早已化作回忆的一部分，变成了令人怀念的存在。

素面攻防战

素面是夏天不可或缺的美食！

小时候，我不太喜欢吃素面。因为母亲每次都会把煮好的素面盛在一个笊篱里，我不知道自己吃多少才合适，而且面汤里放了很多茄子，我十分反感。

长大后，我慢慢喜欢上了茄子。因为一个人住，每次煮面也只需要做一人份的就行，小时候吃素面遇到的问题全都迎刃而解。有时我会把前一天吃剩的炸虾放到面条上，这样看起来更丰盛一些。有时我也会搭配蛋黄酱拌金枪鱼和水煮蛋，上面再浇点面汤。有时还会加入生菜、煮熟的猪肉和少量辣油。做法和口味多种多样，吃一个夏天都不会觉得腻。

素面的优点是可以长期保存，烹煮时间短。不但好吃，还很方便。不只是夏天，其他季节我也经常吃素面。

吃素面的乐趣在于煮面时加水。面条加热后，泡沫会逐渐涌到锅的边缘，我每次都会等到快溢出时加水。有时也会判断失误，不慎让水溢出，把炉灶打湿，怎么也点不着火。于是我只好边念叨"真是败给你了"，边把锅移到另一侧炉灶上。

明明只要早点加水就可以避免这种问题，可我还是按捺不住那颗贪玩的心。看着像生物一样不断膨大的泡沫，我会莫名地感到兴奋（听着有点变态）。一旦我被电视分散注意，泡沫就会趁机涌出。每次我都会气得直跺脚，并暗暗责备自己"早说了不能分心……"

素面在煮熟之前，还可以为我提供娱乐价值。

附言：感觉煮素面比煮意大利面更容易溢出，这是为什么呢？是因为意大利面更重，可以稳稳地沉在锅底，压住沸腾的热水吗？怎么说来着，就是那个，"对流"，因为意大利面不容易引起对流？

就在我盯着锅，呆呆地想着这些的时候，水又溢了出来。可恶，都提醒过自己不能大意……

万能的布手巾 ①

偶尔会有人问我："你喜欢夏天还是冬天？"如果非要让我选，我会选择夏天。最近的夏天热得出奇，但五分钟我还是能忍受的（好短）。

相反，我不喜欢冷天。一旦感受到一丝寒意，我便会立刻穿上厚实的衣服。有时刚入秋我便穿上了冬天的外套，热得身上直冒汗，我对"冷"有着超乎寻常的戒备心和恐惧感。可能因为小时候我看过一部名叫《八甲田山 ②》的电影。

不过，经验告诉我，秋天最好不要过度防寒。而且世间除了冬装外套，还有羊毛衫、披肩之类的防寒用品，我平时经常会用到。除了

---

① 日式布手巾有着十分悠久的历史，日本人对布手巾也有着非常深的情结。现代日式布手巾尺寸大约为 90cm×35cm，通常被用来擦手、擦汗，关键时刻还能御寒。

② 根据"八甲田山雪中行军遇难事件"改编的电影，讲述了日军在高耸险峻、严寒冰冷的八甲田山进行军事演习，最后死伤惨重的故事。

这些，我还时常会在包里备一条布手巾。布手巾不仅能代替手帕使用，天气稍冷的时候，还可以披在肩上，或是围在脖子上，起到御寒保暖的作用。而且丝毫不会显得臃肿，清洗后干得也很快，非常方便。除此之外，布手巾有很多颜色和花色，价格相对便宜，时常能在各地的特色礼品店，或是一些美术展等活动的周边商店看到，非常适合买来作纪念。

我收集了很多条布手巾，平时会根据当天的穿搭和当下的季节挑选合适的一条放进包里。比如秋天我会选择带有秋季野花图案或是印有圆点状呆萌小鹿图案的布手巾。如果感觉天气有点冷，我会立刻把布手巾拿出来，围在脖子上。

可能有人担心这样会引来周围人异样的目光，但我始终觉得没有什么事情比防寒更重要（参考《八甲田山》）。而且布手巾也可以很时尚，即便不围在脖子上，也可以有其他很多用途，建议出门时带上一条哦。

附言：某个爱好登山和攀登溪谷的朋友告诉我说这东西很方便，于是我才开始用起了布手巾。我想起了《八甲田山》！不对，我这朋友可没去过雪山。

顺带一提，关于八甲田山雪中行军事件（1902 年），除了电影（导演：森谷司郎，编剧：桥本忍）和原作（《八甲田山的死亡彷徨》新田次郎，新潮文库），我对《八甲田山 消失的真相》（伊藤薰，山与溪谷社）也非常感兴趣。文中提到由于缺乏充分准备，军队无法应对突如其来的问题。组织内部分工不明，相互推卸责任等等。感觉近几年也发生过类似的事情。八甲田山事件导致 199 人丧命，为什么还是会有很多人不从中吸取教训？政治家和官员都应该去看看电影《八甲田山》。希望你们看完北大路欣也等演员的倾情演绎（但画面只有无尽的寒冷，让人感到绝望）后，能认真履行好各自的职责。

我怎么从一条布手巾义愤填膺地扯到了《八甲田山》，可能是因为天太冷，神经错乱了吧……不对，我写这篇文章的时候，房间还不算太冷。可能因为心飞到了《八甲田山》，有种自己也置身于极寒之地的错觉吧。

总之，靠一条布手巾可没办法在冬季的八甲田山过活。布手巾瞬间会被冻得僵硬。如果用香蕉敲钉子，香蕉和钉子都会裂成碎片……（当然，电影《八甲田山》里没这种桥段）至少在城里可以往脖子上戴一条布手巾，借此抵御寒冷。

期待已久的烤全鸡

如果在餐馆有人问我主菜选鱼还是肉，我一定会选择肉。如果要从"鸡肉、猪肉、牛肉、羊肉"中做选择，我会毫不犹豫地选择羊肉，其次是牛肉。为什么不选鸡肉？算了吧，太清淡了。我喜欢品尝肉类料理筋道的口感和浓郁的香味。

我的饮食喜好比较刁钻，但即便是我这种"肉食恐龙"，也有向往的鸡肉料理——烤全鸡。

小时候，每当在绘本上见到烤全鸡，我都会馋得直流口水。肚子圆滚滚、被烤得焦黄的烤全鸡从烤箱中取出，放在边缘摆有各种蔬菜和土豆的大盘子里。

看起来好好吃！好想尝一尝啊！可我从没有在自家的餐桌上见过……每当吃着母亲做的炸鸡，我都会暗暗告诉自己：烤全鸡肯定也是这种味道……但我也隐约明白：炸鸡和烤全鸡的形状完全不同，味道肯定也截然不同。炸鸡确实很好吃，我也很满足。

长大成人后，我依然对烤全鸡抱有强烈的渴望。但因为一个人住，我家没有配烤箱，加上自己厨艺不精，所以目前依然停留在每天流着口水，念叨着"好想吃"的阶段。

某年圣诞节，一位厨艺精湛的朋友以派对之名在家举办酒会，我买了点水果和红酒登门拜访。落座后，我看到朋友从厨房端出一个超大的盘子，我当即大喊："烤全鸡！"

朋友把冒着热气的烤全鸡切开，鸡肚子里塞满了飘散着蒜香味的土豆。肉香软多汁，香草味与咸味恰到好处地融为一体。

终于吃到了心心念念的烤全鸡，比我想象中还要美味，我激动得热泪盈眶。朋友见状，连忙说："下次还做给你吃。"我开始打心底默默祈祷，希望能快点迎来下一场愉快的圣诞派对。

虎年生肖饰品

1985 年，阪神老虎①赢得了日本职业棒球联赛冠军。当时的阪神还是一支弱小的队伍，外界纷纷调侃说"他们获得联赛冠军的概率可以跟哈雷彗星靠近地球的频率相匹敌②"。那是他们首次获得日本职业棒球联赛冠军，球迷们的欢呼声不绝于耳。

写下这段话的时候，我的表情十分得意。但其实我没有特别支持的球队，而且我当时还是个小学生，只会觉得很吵。即便如此，1985 年阪神夺冠的事情还是给我留下了深刻的印象，因为我的父亲是阪神的狂热粉丝。

看到阪神夺冠后，父亲开始变得有些奇怪。他看起来很激动，明显无心工作，也无暇照顾我那尚且年幼的弟弟。后来，家里接连收到

---

① 阪神老虎，日本的职业棒球队，成立于 1935 年 12 月 10 日，是日本最古老的职业俱乐部之一。

② 哈雷彗星是一颗周期彗星，约每 76 年绕太阳一周。最近一次靠近地球是在 1986 年，预计下一次将是在 2061 年。

阪神的应援周边。大概是阪神队夺冠的第二天清晨，家里又收到几打阪神的联名罐装啤酒（上面印有老虎图案）。他是有多高兴啊。

而且，父亲因为太激动，甚至把啤酒送给了一些不是阪神粉丝的朋友。我和母亲起初也表示理解，毕竟这种事情就跟哈雷彗星靠近地球一样，一辈子基本只能经历一次。但看到父亲逐渐失控，我只好含着泪说："爸爸，快收手吧……"（有点夸张了）

然后关键是，第二年（1986年）是虎年。

新年那天，我们像往常一样，在茶室里摆上圆形年糕和花朵，唯一不同的是，花朵并非插在花瓶里，而是插在了带有老虎图案的啤酒罐里。父亲把啤酒罐加工了一下，以今年是虎年为由，恳求母亲用这个代替花瓶使用。阪神夺冠有这么值得高兴吗……

每到虎年，我都会想起阪神那年神奇夺冠的事情，以及父亲欣喜若狂的样子。再怎么喜欢，也不至于用联名啤酒罐当生肖饰品啊。我不是阪神的粉丝，实在没办法理解这种做法。

祖父的茶杯

　　我工作的时候颇爱喝茶，因为摄入量较大，我想尽可能找一种不含咖啡因的茶。经过多方尝试，最后我选择了南非博士茶，这些年也一直没再换过。

　　起床后，我会立刻拿出一包南非博士茶，放在壶里煮开，然后把茶水倒进一个失去把手的马克杯里慢慢品尝。我也试着劝过自己买一个新茶杯，可因为这只杯子上画着可爱的企鹅图案，我实在不舍得扔掉。加上它还具备杯子的功能，于是我凑合着用了近二十年。

　　趁着煮茶的时候，我把杯子拿去水龙头下冲洗，无意间想起了祖父的事情。

　　祖父生前住在山里的一个村庄里，我小时候时常会趁暑假期间去看望他。祖父是个特立独行的人，听说以前时常给祖母惹各种麻烦。但在我和堂弟的心目中，他是一个和蔼可亲、幽默风趣的人。可能因为后来年纪大了，掌握了一些常识吧。祖父时常带我们去挖野菜，去田里看成群的萤火虫，一起留下了许多美好的回忆。

为防止我们被蚊虫叮咬，去田里前，祖父会先去喷洒一遍杀虫剂。但其实他拿的并非杀虫剂，而是除蟑螂用的喷雾。刚说祖父掌握了一点常识……这也太夸张了吧。当然，后来祖父被祖母狠狠地训斥了一顿。

　　不管怎样，他是一个很好的祖父。他吃饭总是很香，对他人也从不挑剔（可能因为自己粗心大意，总是犯错吧）。但祖父有一个习惯（或者说嗜好）让我感到十分不解。

　　他从不让别人帮他洗茶杯。偶尔自己洗的时候，也只是用水轻轻冲洗一下。所以，祖父的茶杯内壁不可避免地变成了棕色（或者说黑色），已经无法分辨茶杯原有的颜色，看到绝对会把人吓一大跳。某天祖母想趁他午休的时候把茶杯拿去洗干净，谁知他很快察觉到，并把杯子夺了回去。我和堂弟试着劝他说："爷爷，你这茶杯也太不卫生了……快拿去洗一下吧。"可祖父怎么也不肯答应，态度坚决地说："不行！这可是我好不容易养起来的茶垢，要是洗掉的话，茶的味道会变得很差！"

　　养起来的？茶垢？我们顿时一头雾水。不过祖父没有在意，继续拿着那只发黑的茶杯，满意地品起茶来。

　　前几天，一位茶道专家告诉我："在茶道的世界里，茶杯越用就会越有味道，洗的时候一般不会用洗涤剂。"我这才回想起来，难道祖父养茶垢是受了茶道礼仪的影响？

　　不可能。即便不询问本人，我也敢断定，养茶垢不过是祖父本人的一点小癖好。他和我一样，完全不懂茶道礼仪，那只茶杯只是因为茶垢堆积，最后变成了难以言喻的棕黑色而已，听着属实有点无趣……

　　还以为祖父会带来一段与茶有关的有趣故事，看来是我的错觉。

不过，我自己那只缺了把手的马克杯也连续用了近二十年，实在没脸说别人。一想到我可能遗传了祖父粗心大意的性格，我便感到后背发凉。

壶里的茶水烧开了，关火后，还需要静置一会儿。这期间，我随便做了点早餐，用另一个壶烧了点开水，然后开始根据今天的心情和早餐选择合适的饮品。突然觉得这也不失为一种乐趣。我以前会在家里备好咖啡、红茶、香草茶、绿茶、焙茶、玄米茶等，分别存放在不同的瓶子和空置的海苔罐里。但为了追求方便，最近我经常买带有单独包装的茶包。

为了让自己清醒过来，早晨我一般会选择含有咖啡因的饮品。不管是冬天还是夏天，缓缓品完一杯热茶（或者咖啡），接下来写文章也会更有动力。吃完早餐后，我会倒上一杯南非博士茶，走进房间开始工作。

用茶包的话，基本不可能遇到茶叶梗立起①的情况，难免会少几分乐趣。我突然想起祖父开心地将茶杯举到我面前，向我展示茶杯里立起的茶叶梗时的场景。我从来没有遇到过茶叶梗立起的情况。也许是祖父茶杯里堆积的茶垢起到了某种作用，让茶叶梗奇迹般地立起来了吧。想到这里，我的心情也变得明朗起来。

---

① 在日本人的观念里，茶叶梗立起来是一种好兆头，表示接下来会有好事发生。

结语

　　写随笔的时候，我想尽可能记录自己喜欢或是觉得有趣的事情。但在当前的世界和社会形势下，几乎很难做到这一点，我总是很容易感到愤怒和担忧。写总结的时候，我重读了一下这本书，发现自己说了很多不经大脑的傻话，做了很多令人啼笑皆非的傻事。拜托，下次能不能动动脑子（对自己的提议）。

　　算了。在现实生活中，我是一个不拘小节的人，朋友和身边的人也早就习惯并接受了这一事实。若是直接不加修饰地写进随笔，读者一定会被吓倒吧。所以还是需要一定程度的"美化"。不过，出于工作需要每年碰面一次的朋友某次感慨地说："三浦老师写随笔的语气跟平时说话一样呢。还喜欢义愤填膺地吐槽很多事情。"说好的美化呢，我暴躁的本性岂不是暴露无遗？简直是一个人的暴躁祭典（参考正篇）。不过，不管是随笔还是现实生活，都最好要带点脑子，少说傻话，少做傻事（对自己的提议）。

　　读者们肯定也早就看穿我的本性了吧，想来真是有些难为情。如果你们在看本书的时候，能够像观察珍稀动物一样，不时吐槽一句"哎呀，这人又犯傻了"，那也算是我的一大荣幸吧。

感谢大家对本书的热情支持。

在此，请允许我对在本书中被迫登场的朋友、把本书封面设计得如此可爱酷炫的插画师 HOHOEMI 老师、负责装订的 Albireo 老师、以编辑长谷部智慧老师为首，为本书的出版提供诸多帮助的工作人员致以最诚挚的谢意。另外还要由衷地感谢负责整理首次刊载杂志一览表的负责人、其余插画师、设计师以及其他相关人员。随笔刊载在杂志和报纸上的时候，每篇都会附上精美的插画，我每次都很期待。看完我会备受鼓舞，并在心中感慨：原来我的文章能让人联想到这种情景啊，然后从中获得努力下去的动力。

希望我今后还能创作更多的随笔和小说。这次我认识到，随笔最重要的是贴合创作主题，落笔时要带着大脑。（写了二十多年，现在才发现？）不过我一直在稳步成长，应该没问题（乐天派）。

大家今后也要多多保重身体。

期待我们下次在其他地方相遇。希望下次大家读到我的文章的时候，可以帮我看看是否契合主题，写文是否带了大脑。糟糕！我怎么给自己挖了个坑。我有预感，到时肯定会被人吐槽"这哪里契合主题了！也没带大脑嘛"。

还有，我又算错行数了，想必大家也看出来了，本来结语写到这应该差不多了，可我还是硬生生多出十来行。我的脑子是睡着了吗？

难得早起写文，结果又出了岔子。而且，从刚刚开始我的肚子一直在咕咕作响，我昨天半夜吃的速食拉面去哪了？又半夜吃东西了？是的，又吃了，而且还吃了年糕。尽管我的大脑提醒我"会胖的"，我还是义无反顾地吃了下去。所以我的大脑才会故意在我工作的时候罢工，害我算错行数。就在我说着这些傻话的时候，行数又快到极限了。

　　谢谢大家！（收尾有点匆忙，但确实是发自内心的感谢）

2022 年 12 月　　三浦紫苑

首次刊载杂志一览表

第一章

无名的朋友	HABA 的美容手册 2021 年 2 月刊
充满惊吓的鼓励	HABA 的美容手册 2021 年 3 月刊
闪耀的回忆	HABA 的美容手册 2021 年 5 月刊
不擅长但喜欢的事情	HABA 的美容手册 2021 年 6 月刊
耀眼的偶像团体与自觉的女生	HABA 的美容手册 2021 年 7 月刊
小伊梅尔达	HABA 的美容手册 2021 年 8 月刊
天国的庭园	HABA 的美容手册 2021 年 9 月刊
小小的入侵者	HABA 的美容手册 2021 年 10 月刊
悄然闯入的蜥蜴与父亲	HABA 的美容手册 2021 年 11 月刊
日常的观察者	HABA 的美容手册 2021 年 12 月刊
被子风波	HABA 的美容手册 2022 年 2 月刊
记忆里的青蛙	HABA 的美容手册 2022 年 3 月刊
帅哥与昆虫	HABA 的美容手册 2022 年 4 月刊

猫咪家族	Neko 新闻 2018 年 2 月 12 日
玻璃弹珠与金鱼	KITTE MEGAZINE STORIES 2020 年 5 月刊
令人欲罢不能的美味	KITTE MEGAZINE STORIES 2020 年 9 月刊
娱乐礼物	KITTE MEGAZINE STORIES 2020 年 11 月刊
正月的空气	KITTE MEGAZINE STORIES 2021 年 1 月刊
无情的春日大战	KITTE MEGAZINE STORIES 2021 年 4 月刊
记忆中的味道	KITTE MEGAZINE STORIES 2021 年 5 月刊
素面攻防战	KITTE MEGAZINE STORIES 2021 年 8 月刊
万能的布手巾	KITTE MEGAZINE STORIES 2021 年 9 月刊
期待已久的烤全鸡	KITTE MEGAZINE STORIES 2021 年 11 月刊
虎年生肖饰品	KITTE MEGAZINE STORIES 2022 年 1 月刊
祖父的茶杯	Nagomi 2021 年 2 月刊

216 页 "即身佛巡回之旅" 的参考文献如下。

· 各大寺庙的介绍手册

· 《被称作神的木食行者 铁门海》（汤殿山注连寺发行）

· 《出羽三山的木乃伊佛像》（户川安章、中央书院）

· 《增订版 日本的木乃伊佛像》（松本昭、临川书店）

· 《月山、鸟海山》（森敦、文春文库）

· 网页 "森敦资料馆"（http://www.mori-atsushi.jp）